Esto no es América

Jordi Puntí

Esto no es América

Traducción de Rita da Costa

EDITORIAL ANAGRAMA

BARCELONA

Título de la edición original:
Això no és Amèrica
Empúries
Barcelona, 2017

Ilustración: «Acordaos de rezar antes de hacer maldades», © Lara Lars

Primera edición: septiembre 2017

Diseño de la colección: Julio Vivas y Estudio A

© De la traducción, Rita da Costa, 2017

© Jordi Puntí, 2017
por mediación de MB Agencia Literaria, S. L.

© EDITORIAL ANAGRAMA, S. A., 2017
Pedró de la Creu, 58
08034 Barcelona

ISBN: 978-84-339-9841-5
Depósito Legal: B. 16611-2017

Printed in Spain

Reinbook serveis gràfics, sl, Passeig Sanllehy, 23
08213 Polinyà

Para Steffi

América es el pueblo de al lado

ENRIC CASASSES Y PASCAL COMELADE

VERTICAL

Sale del metro en la plaza Joanic y, mientras sube por la escalera, oye que en algún campanario cercano dan las diez de la noche. Tal vez sean unas campanadas imaginarias que solo resuenan en su cabeza, pero da igual, lo que cuenta es el aquí y ahora. Se lo repite mentalmente: el aquí y ahora, ¿estamos? Enciende un cigarrillo y baja a paso ligero hacia el paseo de Sant Joan. En la calle hay poca gente, pocos coches, o tal vez se lo parece porque la luz de las farolas, anaranjada, esparce a su alrededor un arabesco de sombras mortecinas. Pasa por delante de la churrería de Escorial, que hoy está cerrada, y ahuyenta un recuerdo agridulce. Ahora no, todavía no. Poco después, cuando está en lo alto del paseo, delante de la estatua medio escondida de un fraile y un niño, se detiene unos segundos y piensa en ella. Es un pensamiento rebosante de dolor y, sin embargo, inconcreto. Hace unos días, no puede precisarlo más, el rostro de Mai empezó a borrársele de la memoria... Pero no es exactamente eso, no quiere usar verbos negativos. Más bien se le ha ido desdibujando con suavidad, como una nube de humo vaporoso que se eleva y se desvanece poco a poco, muy despacio, y luego pasan los días y lo sigues viendo pese a que

11

ya no está, y llega un momento en que solo lo ves porque te lo puedes imaginar, porque lo has visto antes y sabes que estuvo allí.

Esa inminente sensación de olvido es la que por fin hoy lo ha impulsado a ponerse en marcha. Levanta la mirada hacia el cielo. Hace una noche serena y estrellada. El aire tibio juega con las hojas de los árboles. Echa a andar con decisión, un paso tras otro. Cuando llega a la altura de la estatua de Clavé, lo mira con el rabillo del ojo, sin detenerse. Un día, años atrás, decidieron que ese hombre con levita, mostacho y cierto aire antiguo tenía que ser alguien más importante que el tal Clavé. Alguien de auténtico renombre internacional. Jugaron a buscarle parecidos. Balzac. Nietzsche. Trotski, pero sin gafas. ¿No sería hermoso que Barcelona tuviera una estatua dedicada a Trotski? Al final fue ella la que dio con la mejor solución: como llevaba una varita en la mano, sería la estatua de un mago famoso de la época de los primeros ilusionistas y prestidigitadores. Houdini, Max Malini... ¡Clavini! ¡El mago que desde su pedestal hacía desaparecer a los barceloneses aburridos del Eixample!

El recuerdo lo ha hecho sonreír por un instante –ese brillo travieso en los ojos de Mai–, pero enseguida se le ha marchitado en el estómago, haciéndole el vacío, y ahora aprieta el paso para conjurar un ardor incipiente. Tendrá que acostumbrarse, se dice, y este paseo nocturno también lo ayudará a alcanzar ese propósito. Tal vez por eso, cuando llega a la altura de la calle Indústria y se detiene en el semáforo, se da cuenta de que iba andando muy deprisa. Así no dejará ningún rastro. La tinta de sus pasos no escribirá nada. Entonces vuelve atrás como un poseso, corre paseo arriba hasta el principio, adelantando incluso a dos chicos que hacen footing. Sudando a causa del esfuerzo, jadeando, se detiene y vuelve a empezar, esta vez más despacio.

Esta noche camina para dibujar la letra I de Mai. El paseo de Sant Joan de cabo a rabo, bajando hasta el Arco de Triunfo. Cuando se reencontraron, hace un millón de noches, él le cambió el nombre. Ella se apuntó al juego desde el principio, porque estaba convencida de que cada edad merecía un nombre distinto y hacía tiempo que ya le tocaba. De pequeña sus padres la llamaban Maria Teresa. En la escuela se convirtió en Teresa, Tere para las amigas de confidencias y el primer novio, y más tarde, en la universidad, se hacía llamar Maite. Se podría decir que se conocían solo de vista, de cruzarse por el patio de Letras, y quizá de haber compartido alguna charla con amigos comunes en el bar de la facultad. Entonces, tantos años después, habían coincidido en una fiesta en el barrio de Gràcia, en un piso demasiado pequeño o con demasiados invitados de última hora. Una noche de primavera, como la de hoy. Música de Echo & the Bunnymen, Ride, The Pixies. Se habían presentado entrechocando las cervezas y mirándose al fondo de los ojos. Ella movió los labios por encima de las distorsiones de las guitarras y él leyó en ellos: Mai. Tres semanas más tarde, el día que ella había llevado sus cosas a casa de él, habían follado como si hubiese que celebrarlo y después ella le había preguntado:

—Tú no serás de los que se cansan de estar con una mujer...

—No.

—Quiero decir que no me dejarás ni me echarás de casa, ¿verdad?

—*Mai, Mai. Mai.**

* *Mai* significa «nunca» en catalán. (*N. de la T.*)

Después habían vuelto a follar y, todavía tumbados en la cama, sudorosos sobre las sábanas, se habían ventilado una botella de Ballantine's mientras fumaban maría afgana para prolongar ese bienestar, o lo que fuera que buscaban desde hacía tiempo. Ambos tenían treinta y cuatro años, una edad puñetera, y más de un fracaso para olvidar.

De eso hace ya más de quince años, y ahora mismo no sabe si está andando para olvidarlo o para recordarlo todo. Empieza a bajar de nuevo por el paseo de Sant Joan, más consciente de sus pasos, como si así los zapatos dejaran una huella real en el asfalto, un trazo que pudiera leerse a vista de pájaro. Pasa junto al gran Clavini y, cuando llega al semáforo de Pare Claret, se fija en el bar Alaska, que queda a su izquierda. Está lleno de gente porque dan fútbol en la tele. Por eso esta noche no hay nadie en las calles. Duda si acercarse un momento, pero no hace falta, revive perfectamente ese aire familiar: la tele encendida, los camareros con su uniforme clásico que huelen a sudor, los eternos borrachos... Durante una época, Mai y él iban allí a menudo a tomar cervezas con unos amigos que vivían cerca. Lo llamaban la ruta de los chaflanes. Quedaban el sábado a media tarde y empezaban a tomar quintos en el bar Pirineus de la calle Bailèn. Después ponían rumbo al Alaska, seguían en La Sirena Verde y acababan en el Oller hasta que echaban el cierre. En el Alaska siempre se cachondeaban de los demás clientes y se reían mucho. Las abuelas que se pasaban allí toda la tarde con un triste Cacaolat, quejándose de los hijos; el separado que se sentaba en la barra, bebiendo coñac y repasando los anuncios de contactos del diario; el matrimonio que compartía unas patatas bravas y un *bikini* para cenar sin dirigirse la palabra (jugaban a imaginar quién

14

maltrataría a quién esa noche). Abandonaron la ruta de los chaflanes por culpa del fútbol, precisamente, porque los bares se llenaban de vocingleros y no se podía charlar ni beber en paz.

Cruza el semáforo. Una bici lo adelanta y se pierde al instante en la creciente oscuridad, paseo abajo. Una pareja joven se sienta en un banco y comparte una bolsa de patatas fritas. Comen una y se dan un beso, comen otra y vuelven a besarse. Se les acerca un perro, un Schnauzer negro, y la chica quiere darle una patata, pero el animal es viejo y perezoso y no se decide. Entonces el amo lo llama con un silbido y el animal pierde el interés y da media vuelta. Durante unos segundos avanzan juntos, el perro y él, al mismo ritmo. Estos instantes en el paseo componen una escena cotidiana, de vida repetida, que más bien le estorba. Mai y él no estaban acostumbrados a vivir así, y de hecho, ahora que lo piensa, se da cuenta de que no les convenía en absoluto: cuando los días se parecían demasiado unos a otros, cuando conseguían algún tipo de normalidad –y no es que se esforzaran mucho–, la cosa siempre acababa resquebrajándose por algún punto débil. Podría decirse que Mai tenía un carácter demasiado imprevisible y esquinado, una combinación letal, pero había algo más. Las culpas y los riesgos se repartían entre ambos, y por eso seguramente se querían con esa locura incondicional, cuando se querían.

A la altura de la calle Còrsega, una súbita algarabía lo distrae de estos pensamientos. Alguien ha marcado un gol. Se oyen petardos, como un ensayo general de la noche de San Juan, y un coche toca el claxon festivamente. Mira hacia arriba y ve a dos chicos que han salido a fumar al balcón. Hay luz en casi todos los pisos. La noche es cálida y la mayoría de las ventanas están abiertas de par en par. Que entre el rumor de la ciudad, ahora que el calor todavía

15

se soporta, ahora que no hay mosquitos y las calles de Barcelona no apestan a cloaca. De pronto le viene a la memoria ese poema de Jaime Gil de Biedma titulado «Noches del mes de junio». Lo leían juntos y les gustaba mucho. Los versos describían una noche así, como la de hoy. Recuerda sobre todo el ambiente un poco melancólico, el estudiante que tiene el balcón abierto, la calle recién regada, la soledad y una especie de angustia ante la incertidumbre del futuro, aunque era una angustia pequeña... Se esfuerza por recuperar algunos versos y le viene a la mente aquello de «una disposición vagamente afectiva», con ese adverbio tan bien puesto. Pero había otro verso más importante, hacia el final... Ahora no le viene a la cabeza. Los poemas de Gil de Biedma eran el único libro que tenían repetido en casa, de cuando habían aunado sus bibliotecas. Lo habían comprado siendo estudiantes, más o menos por la misma época, y años después lo releían buscando excusas para ser como eran, una trampa poética que justificara sus actos. Aquí en la calle, mientras camina, le basta evocar brevemente esas mañanas de vómito seco y resaca, las quemaduras de los cigarrillos en las sábanas, el desorden de botellas vacías y ceniceros llenos –como una naturaleza muerta a los pies del colchón–, para recuperar al instante las palabras que buscaba: «Pero también la vida nos sujeta porque precisamente no es como la esperábamos.» Pues eso.

La muerte de Mai lo dejó atontado. Una sensación de irrealidad que al principio entumecía las horas y se parecía al despertar comatoso que sigue a unos cuantos días de borrachera, cuando refluyes desorientado y con una calma que se va colando inevitablemente por algún desagüe desconocido. Estaba sobrio y no se lo parecía. Le habían deja-

16

do volver al instituto y daba las clases como un autómata, sin pensar en lo que decía ni enfadarse con los alumnos. Comía solo en los bares del barrio, siempre en la barra, y nunca acababa el plato. En ese submundo nuevo y solitario, la ausencia de Mai lo conquistaba todo, pero al mismo tiempo le ofrecía momentos de una lucidez inesperada. Si pensaba en ella como si siguiera viva, sabía al instante qué debía hacer. Estaba su traición con el whisky, si se podía decir así (hacía ocho meses que se habían desintoxicado juntos, una vez más), pero él se lo perdonaba más que nadie. La había encontrado un martes por la noche, al volver de un viaje a Praga con los alumnos del último curso. Tumbada en el sofá, desnuda, con el pelo enmarañado y la cabeza colgando en una postura forzada. Se había ahogado en su propio vómito, qué muerte más tópica, y si no hubiese sido por los ojos desorbitados y el cuerpo frío, le habría parecido incluso hermosa: una escena que habían ensayado juntos más de una vez, y más de dos.

La constante confusión que lo entorpecía no ha desaparecido, pero desde hace un tiempo ha aprendido a convivir con ese aturdimiento y a veces hasta se dice que sabe controlarlo, si ella lo ayuda. Como ese día, cuando hacía ya una temporada que Mai estaba muerta e incinerada, en que decidió inscribir su nombre en la ciudad. Era un juego que habían practicado juntos en el pasado, después de la tercera desintoxicación, que en teoría había sido la buena. Una vez domesticado el desasosiego, cuando ya volvían a ser personas, el médico les había recomendado andar todos los días para hacer ejercicio y al mismo tiempo ahuyentar los malos pensamientos. Entonces Mai había recordado un libro de Paul Auster cuyo protagonista deambula por la ciudad, dibujando con sus pasos letras que alguien interpreta tras él. Habían cogido un lápiz y un plano de Barcelona y habían empeza-

17

do a imaginar posibles recorridos. Salían a media tarde, cuando él volvía del instituto y ella aparcaba las traducciones, y durante una hora y media andaban, o, mejor dicho, paseaban. La cuadrícula del Eixample era ideal para los monosílabos. Gràcia, Sants y el Guinardó les permitían hacer filigranas caligráficas. El Chino, un laberinto rebosante de tentaciones, les parecía un grafiti incomprensible y peligroso que convenía evitar.

Según avanza siente como si reavivara el espíritu de esos paseos, como si Mai estuviera realmente a su lado. Hace unos días, en pleno ataque de añoranza, empezó la M subiendo por Muntaner y luego la fue perfilando en las calles de Gràcia. La A, mucho más entretenida de dibujar, se escondía en las cuestas y pendientes del barrio del Putxet. Ahora le gusta que la I salga de sus pies con esta sencillez vertical y al mismo tiempo con la contundencia de un descenso nocturno, un solo trazo y su nombre estará completo.

A punto de cruzar la calle Rosselló, ve pasar a Joan de Sagarra, cabizbajo y enfadado con el mundo, o con el barrio, o tal vez escribiendo mentalmente el siguiente artículo en el que se enfadará con el mundo o con el barrio. Tiene pinta de no haber cenado. Sabe que vive por allí porque él mismo lo ha contado en alguno de sus artículos dominicales. Un poco más abajo, en un parque infantil, un niño sube y baja por el tobogán sin parar, como un poseso, mientras una chica se asegura de que no se haga daño cada vez que llega abajo. El niño tiene cuatro o cinco años y se nota que es muy movido. Sus gritos resuenan en la ausencia de tráfico. La chica, que debe de ser la madre, lleva un sari turquesa con bordados plateados que le llega hasta los pies y brilla a la luz de las farolas. La contempla unos segundos –no tendrá más de veinticinco años– sin advertir la menor señal de inquietud por lo tardío de la hora. Los demás niños ya están en casa durmiendo mientras este tiene todo el parque para él solo. Afloja el paso y mira con una pizca de envidia las dos figuras que parecen haberse teletransportado desde un lugar muy lejano y otra hora del día. Unos metros más allá comprende lo que ocurre: al cabo de la calle hay un colmado abierto, un paquistaní, y desde la puerta un hombre sigue los movimientos de madre e hijo. Que se canse el niño, así no tardará en quedarse dormido.

Sigue paseo abajo y, ahora sí, mientras enciende otro cigarrillo, le vuelve el recuerdo que hace un rato ha tenido que reprimir. Una madrugada volvían de tomar copas y bailar en el Almo2bar, o como se llamara ese antro, y pararon a comprar churros en la calle Escorial. Habían cenado muy poco y bebido mucho, y como en esa época solo fumaban chocolate, tenían hambre. Se fueron comiendo los churros por la calle, y Maite quiso sentarse en los columpios del parque infantil de la plaza Joanic. Él se puso a su espalda y, con un churro en la boca, empezó a empujarla. Primero con suavidad, como si cuidara de una niña pequeña, y poco a poco con más fuerza. Mai reía y gritaba con un miedo exagerado, levantaba y bajaba los pies por instinto, pero el columpio zozobraba bajo su peso, dando bandazos. En uno de los embates, justo cuando Mai le pedía que parara, se le escapó el cucurucho de la mano y dos o tres churros salieron volando. Ella hizo amago de cogerlos y perdió el equilibrio. Fue una caída teatral, torpe pero benigna, y quedó despatarrada en el suelo. Él se rió y se acercó para ayudarla con paso tambaleante, y entonces el columpio lo golpeó por la espalda y cayó a su lado. Al día siguiente le saldría un morado, seguro, pero en ese momento se concentró en ignorar el dolor y se abalanzó sobre Mai. Rodaron por el suelo y se dieron un beso largo, una mezcla de risas, masa de churro, arena, tabaco y babas alcohólicas.

–¿Lo ves? Tú y yo nunca podríamos tener hijos –dijo ella en una pausa, sin avisar, con una sobriedad que no se correspondía con ese instante feliz–. No sabríamos ni cómo columpiarlos, y mucho menos ejercer de padres. Imagínate qué desastre.

Él estuvo a punto de protestar, por instinto, pero sabía que Mai tenía razón y por toda respuesta la abrazó más fuerte. Después, con una voz más grave, que le salía cuando estaba medio bebido y se ponía trascendente, le susurró al oído:

–Nosotros seremos nuestros hijos.

Ambos habían cumplido ya los cuarenta.

Se cansaban de todo. Cuando llevaban una temporada escribiendo palabras con sus pasos por las calles de Barcelona, decidieron que había que cambiar el juego. Para hacerlo más entretenido, Mai propuso que se siguieran el uno al otro, como en la *Trilogía de Nueva York*, y así el que iba detrás descifraría una especie de mensaje en el trayecto. Tenían que imaginar qué escribía el otro, pero no era fácil, como cuando alguien te dibuja una palabra en la piel, con el dedo, y tu cerebro debe leerla a través del tacto. La intriga los divertía. A veces, a media caminata, el perseguidor alcanzaba al perseguido y le decía: «Me he perdido, vuelve a empezar», y se reían de lo absurdo de todo aquello. O entonces intuía el final de la palabra y se le acercaba para decirle: «Yo también» (intentaban no ser demasiado cursis). Puesto que no siempre era fácil seguirse, él sugirió que cada vez que acabaran una letra hicieran una pausa indicativa, como un espacio gráfico. Detenerse y saltar, por ejemplo, o agacharse y tocar el suelo. La propuesta solo duró un día, porque Mai se sentía ridícula dando esos saltitos arbitrarios. Pero de un modo u otro siempre encontraban nuevos alicientes para recorrer las calles. Se daban pistas, como si fuesen los enunciados de los crucigramas.

—Hoy escribiré el nombre de un novelista ruso.

—Que no sea Dostoievski. Se haría eterno.

—Tú déjame a mí. A lo mejor escribo Fiódor.

A veces la palabra oculta estaba relacionada con el nombre de la calle de la que salían, o se valían del juego para comentar aspectos prácticos del día a día, monosílabos que había que comprar para la casa —pan, té, sal—, pero también había días en los que no tenían ganas de decirse nada, o estaban de mal humor, y entonces cada uno andaba por su cuenta, al azar, llenando la ciudad de garabatos incomprensibles.

Si alguien los hubiese observado desde el aire, habría pensado que estaban mal de la cabeza, o que se entregaban a perversiones sexuales demasiado rebuscadas. Ellos, sin embargo, lo vivían como una simple apuesta contra el aburrimiento del crepúsculo sin alcohol, o más bien contra la tentación de volver a pensar en él ahora que se habían desintoxicado. Aunque no hablaban demasiado de ello, de pronto les parecía que sus paseos echaban a rodar el mundo, que sus pies templaban el asfalto, como si así ayudaran a fabricar la energía que mueve las grandes ciudades. No llevaban ningún registro de las palabras que habían escrito, las olvidaban de un día para otro, pero confiaban en que quizá dejaran su huella en la memoria de las calles, como si todos esos arabescos invisibles fuesen nudos y lazos que los ataban a ambos y los hacían inseparables. Así, cuando no estaban juntos, se sentían reconfortados por la idea de que el otro paseaba por la ciudad —en el otro extremo del hilo— y que en cualquier momento podrían coincidir.

21

Enciende otro cigarrillo y cruza la Diagonal. Se da prisa porque el semáforo está a punto de ponerse rojo y de pronto tiene la sensación de que alguien lo sigue; casi puede oír sus pasos. Cuando llega a la otra acera se da la vuelta, con decisión, pero no ve a nadie. Ha debido de ser la sombra de mosén Cinto, se dice, siempre encaramado a su columna, solitario, luchando contra las ganas de saltar al vacío. Pasan unos cuantos coches tocando el claxon y agitando banderas. El partido ha acabado bien, concluye. Detrás de la estatua de Verdaguer, más arriba, como colgado del cielo, el búho de Rótulos Roura lo saluda con un guiño. Sus ojos de color amarillo fosforescente son dos focos que iluminan la noche, como un superhéroe que velara por los noctámbulos de Barcelona.

Ha decidido que daría este último paseo de noche porque era entonces cuando Mai resplandecía como nunca. Sin su trabajo en el instituto, que muchos días lo obligaba a madrugar, ambos habrían acabado viviendo en las horas nocturnas, como vampiros urbanos. Mai traducía hasta tarde, decía que con el atardecer el tránsito entre lenguas se volvía más fluido, y solo paraba si él la convencía para ir al cine a la última sesión del Casablanca, o del Arkadin. En invierno pasaban más tiempo en casa, eran noctámbulos de interior. A veces, mientras ella seguía trabajando, él bajaba a comprar y ponía al fuego una olla con verduras y pollo. Comían de ese caldo durante tres días seguidos, y cuando se acababa, para alargarlo, lo calentaban y le añadían un chorrito de whisky y dos yemas de huevo. Por la noche les gustaba leer juntos, cada uno en su mundo, o pegar la hebra mientras ponían discos y fumaban maría. Había uno de Pharoah Sanders que duraba exactamente lo mismo que un porro de los que hacía ella. Además, era como si la música siguiera sus cambios de humor. Llegaba un momento en que él tenía que irse a la cama y Mai se quedaba despierta. A veces llamaba a una amiga de París, con la excusa de alguna duda de traducción, y entonces se contaban la vida y él se dormía con el erótico murmullo del francés susurrado en la habitación de al lado.

Los fines de semana, o cuando llegaba el buen tiempo y él ya no tenía clases, cualquier excusa era buena para salir de casa. Quedaban con amigos, iban a conciertos, salían a tomar una cerveza en el bar gallego de abajo y, si se empastillaban, ya no volvían a casa hasta la mañana del día siguiente. Nunca tenían bastante, y no era raro que se refugiaran en la noche para evitar malos rollos entre ellos, como si fuera un terreno neutral, un armisticio. Para Mai, la noche no era una medida temporal, sino un espacio. Una selva frondosa que había que cruzar de punta a punta, aunque no supieras qué te esperaba al otro lado, y no valía dar marcha atrás. Decía:

—Me da lo mismo si no volvemos nunca más de la noche. —Y él le seguía la corriente.

A menudo perdían el control y bebían más de la cuenta —un día es un día, y cada día era cada día—, pero estaban pendientes el uno del otro y se cuidaban hasta el final. Al día siguiente solían despertarse en su cama, rodeados de un paisaje que parecía devastado a golpes de machete, el resultado de una violencia que ignoraban. Entonces el primero en abrir los ojos culpaba al otro de los excesos de la víspera, y en esta liturgia hallaban una especie de consuelo.

«¿Por quién hago esto?», se pregunta ahora, mientras sigue bajando por paseo de Sant Joan, «¿por ella o por mí?», y es como si el búho le contestara al oído: «Por los dos, so memo.» Baja por la acera ancha, en línea recta, y durante

23

un rato no se cruza con nadie. Los bares van cerrando después de la fiebre del fútbol, los camareros recogen las terrazas con un estrépito de mesas y sillas. Ha recorrido ya más de la mitad de la I, pero de repente le da miedo acabarla. Afloja el paso, se detiene y por unos instantes se siente ridículo. De nuevo tiene la impresión de que alguien se le acerca por detrás, y hasta siente un escalofrío de proximidad, pero tampoco esta vez hay nadie a su espalda. Solo la noche. Enciende un cigarrillo mientras echa a andar de nuevo, intentando esquivar esa paranoia, y con cada paso que da se convence de que está haciendo lo correcto. No, él no olvidará nunca a Mai, eso ya lo sabe. Si escribe su nombre es solo para que la ciudad la tenga presente.

Cuando llega a la altura de la plaza Tetuan, duda unos segundos si bordearla por la Gran Via o seguir recto y cruzarla. Las verjas de hierro aún están abiertas, y pese a que hay poca luz, debe respetar el trazo recto de la I, por lo que entra en el recinto de la plaza. En la penumbra distingue a tres o cuatro personas que hablan en un corrillo, atentos a los perros que se olisquean y se persiguen arriba y abajo por los parterres de césped. En la parte más iluminada, junto al conjunto escultórico central, tres adolescentes juegan a pasarse una pelota intentando que no toque el suelo. Gritan y se insultan cuando alguno falla. Más allá, bajo las sombras atigradas de las palmeras y los plátanos, entreví la silueta de una pareja acostada, pero al pasar por su lado se da cuenta de que no, de que en realidad es un vagabundo que duerme en una cama hecha de cartones y bolsas de plástico. Sigue avanzando y, cuando está a punto de salir por el otro lado de la plaza, alguien lo llama por su nombre.

Lo que más lo sorprende es que la voz suene tan tranquila y natural, como si lo hubiese estado esperando. Se detiene y entorna los ojos para distinguir de dónde viene, y entonces se le acercan dos figuras.

–Eres tú, ¿verdad? ¿Qué carajo haces aquí? –le pregunta la voz. Al instante reconoce a Toni Forajido, que le estrecha la mano con fuerza, como si echaran un pulso entre colegas. Mai y él lo llamaban así porque tocaba el bajo en un grupo de garaje y se hacían llamar Los Forajidos. Tenían algún amigo en común, de la facultad, y los habían visto tocar una vez en el Sidecar, o en el Magic, ya no se acuerda, pero después Toni dejó el grupo, se fue a vivir a Berlín y lo perdieron la pista.

–Nada, dando un paseo, ya ves –dice él, y van hacia la verja del parque, donde la luz de las farolas es más intensa. Hará por lo menos diez años que no se ven, y lo encuentra estropeado, con la cara chupada. Diría que lleva la misma chaqueta de cuero negro de entonces, y las botas camperas, y el pendiente, pero con los años ha perdido ese aire de confianza *outsider* que suelen tener los bajistas de todos los grupos del mundo–. ¿Y vosotros qué?

–Nosotros hemos venido a colocarnos –dice Toni, solemne y orgulloso, y le enseña dos botellas de vodka barato que deben de haber comprado hace cinco minutos. Pone cara de pícaro y de pronto él recuerda que Mai no lo soportaba, que le parecía un imbécil y un creído–. Hoy hemos currado mucho y nos lo merecemos, ¿verdad que sí, Christa?

Entonces se fija en la chica que lo acompaña. Debe de ser polaca, o alemana, tendrá como mucho dieciocho años. Lleva un piercing en el labio superior que remeda una sonrisa burlona, y el pelo rubio revuelto. Hace mucho que no se lo lava, eso seguro, y cuando él la saluda lo mira con mal disimulada impaciencia. Se la ve cansada, y más que colocarse parece que tenga ganas de dormir. Toni Forajido le pasa la mano por el hombro, acariciándole la mejilla con ternura, y le guiña el ojo a su amigo. Después le pregunta si quiere sumarse a la juerga.

—No, gracias —contesta él—. Paso.

—¿Sigues viendo a alguien de esa época? —pregunta Toni—. Mira que éramos bestias.

Él niega con la cabeza, un no lo más neutro posible porque no tiene ganas de darle bola ni de revivir batallitas. Quiere irse, quiere dejarlos solos, y mientras tanto la chica empieza a retroceder, arrastrando los pies para darles a entender que ya es hora. Antes de decirle adiós, Toni Forajido le pregunta:

—Por cierto, ¿todavía estás con esa tía? Mai se llamaba, ¿no? Era un poco así, pero tenía un culo espectacular y le gustaba pasárselo bien. Me acuerdo mucho de ella.

—Sí, sí, hace años que vivimos juntos —le dice. No tiene ganas de contarle la verdad, Mai se lo tomaría como una derrota, y no hay ninguna necesidad. Entonces se despiden y se separan, pero en el último momento se detiene y lo llama—: Oye, Toni, por curiosidad, ¿sigues tocando el bajo?

Sin decir nada, Toni Forajido alza la mano izquierda y la mueve bien abierta, como si saludara. A contraluz, alcanza a ver que le falta un dedo, el del medio.

Ahora baja por el último tramo del paseo y los pies le pesan. Ya se está acabando. La tinta se vuelve más espesa. Piensa en la casualidad de encontrarse con Toni Forajido precisamente hoy, e imagina las penalidades que lo convirtieron en un pobre diablo, un yonqui que seduce a chicas en las estaciones de tren o los albergues juveniles, vete a saber. Piensa también en las palabras que le ha dedicado a Mai. De entrada se ha alegrado de que todavía se acordara de ella tantos años después, pero al mismo tiempo le ha molestado la ligereza con que la ha mencionado, y ahora se arrepiente de no haberse encarado con él. Se conocen de las peores épocas (o las mejores, según se mire) y de pronto le viene a la mente una idea mezquina: podría haberse muerto el calavera de Toni en vez de Mai. Como un intercambio de prisioneros, aunque al final tampoco habría servido de nada.

Ya ve el Arco de Triunfo. En este tramo del paseo hay más gente que sube y baja, quizá porque el metro está cerca. Una pareja se apea de un taxi y se mete en un edificio. Los sigue con la mirada, ve cómo entran y esperan el ascensor; él se afloja el nudo de la corbata y ella se ríe de algo. Cuando cruza Ausiàs March vuelve a tener la impresión de que alguien lo sigue. Se detiene y esta vez lo adelanta una chica de pelo largo y oscuro, enérgica, vaqueros y zapatillas azules, un «culo espectacular», y no puede evitar llamarla. Oye. La voz le sale impaciente, casi desesperada, y la chica vacila unos segundos pero no se da la vuelta. Al contrario, aprieta el paso y él sabe que no podrá seguirla.

Como si necesitara alguna señal, unos metros más allá se detiene delante de la librería Norma. Mai la visitaba a menudo, era una gran lectora de cómics. Al principio le dio a descubrir *Métal Hurlant,* el estilo brutal de RanXerox, los relatos de guerra de Tardi. Se perdían en los mundos oníricos de Moebius y se excitaban juntos con la Valentina de Guido Crepax. Se fija en los cómics del escaparate, nombres de superhéroes desconocidos, figuras de goma de Tintín y Milú, un póster a escala natural de una de las beldades de Milo Manara. Lo escruta todo con una intensidad rara a esa hora de la noche. Si estuviera abierto, entraría. Se diría que quiere dilatar el tiempo que queda para llegar al final, pero no es exactamente eso. Siente una desazón que nada puede remediar.

Al cabo de un rato retoma la caminata. ¿En qué momento se acaba de escribir una letra, si no puedes despegar el bolígrafo del papel? Pasa por debajo del Arco de Triunfo y entonces es consciente de que el nombre de Mai ha quedado inscrito en la ciudad. Se para y le entran ganas de llorar, pero se contiene. Se pasa la manga por la nariz y enciende otro cigarrillo. De pronto es como si la tuviera ante sí, más viva que nunca, una presencia huidiza de melena larga y translúcida, una mano ingrávida que tira de la otra punta del hilo narrativo, tensándolo. Se mira las zapatillas. Si ahora sigue caminando, el trazo no se detendrá. Hoy no hay convenciones, esto no es un juego. Se las quita y echa a andar descalzo, con las zapatillas en la mano. Duda unos segundos, sin saber hacia dónde ir, hasta que Mai le marca el rumbo, vete hacia la derecha, y se mete por el embudo de la calle Rec Comtal, hacia las estrecheces de la Ribera, buscando las calles más oscuras. Se palpa el bolsillo de detrás, donde siempre lleva la cartera. Qué bien que se haya acordado de coger dinero antes de salir de casa.

INTERMITENTE

Yo soy el hombre del maletín y hago autoestop. Todo el mundo me conoce, y cuando digo todo el mundo me refiero a toda la gente que suele viajar en coche por la carretera que va de Vic a Sant Quirze, o de Sant Quirze a Vic, y más allá. Cientos de personas que algún día me han mirado de refilón al pasar de largo, o que me observan con un poco de desprecio, como si les molestara verme solo, o que evitan expresamente todo contacto visual. A veces los imagino en su casa, horas después, mientras cenan, entablando una conversación:

–Hoy he vuelto a ver a ese tipo que hace dedo a la salida de Vic. El del maletín.

–Qué miedo –dice ella, y siente un escalofrío inútil, que no va a ninguna parte.

Lo dicen porque tengo cara de payaso –de payaso desmaquillado– y ya se sabe que los payasos dan miedo, sobre todo cuando están fuera de su medio y no hay niños a los que distraer. Lo sé porque en casa me miro al espejo, hago muecas y me doy cuenta de que me ha tocado en suerte un rostro simpático y confiado, pero que de repente, con solo mover algunos músculos, se convierte en una máscara tétrica. La nariz enrojecida y un poco bulbosa (de rosácea, no de beber), la boca grande, las cejas arqueadas e hirsutas, la cabeza redondeada y el pelo rizado: todo se confabula para convertirme en un muñeco diabólico o, peor aún, en un viejo diabólico al acecho de vete a saber qué. Por eso evito reírme. Por eso y porque me he hecho viejo.

Una parte del problema, si es que se le puede llamar problema y no prejuicio, se debe al maletín, que es negro y de unas dimensiones convencionales. Un maletín de viajante. Me he dado cuenta de que si hago autoestop con el maletín en el suelo, a mi lado, me cogen antes que si levanto el dedo de la mano derecha mientras con la izquierda sujeto el maletín por el asa. Quizá sea porque así doy la impresión de estar en movimiento, como si tuviera prisa por llegar a algún sitio, o como si huyera de alguna situación comprometida, y en general nadie quiere complicarse la vida.

Esta clase de detalles los vas descubriendo con el tiempo. Al principio, cuando empezaba a hacer frío, esas mañanas otoñales lechosas de niebla, me ponía una gabardina larga y confortable, con forro de franela a cuadros escoceses, herencia de un tío viajero. No tardé en comprender que no me favorecía lo más mínimo. Algunos conductores tocaban el claxon con una sonrisa cínica, o pasaban despacio y, bajando la ventanilla, me llamaban «maricón» o «depravado». La gente se guía por los tópicos que ha visto en la tele, y un individuo plantado a pie de carretera con una gabardina a medio abrochar tiene que ser por fuerza un exhibicionista. Me compré un abrigo negro con aires de sotana, y fue mano de santo. La corbata, mira por dónde, tampoco encajaba en el perfil de autoestopista. Un hombre con corbata debe tener un coche, y si no lo tiene será que oculta algo y no es trigo limpio. Estafador, camello, mafioso... En cierta ocasión hasta un guardia civil se paró para pedirme el carnet de identidad.

Todo esto lo cuento desde la experiencia. Hace más de quince años que hago autoestop cuatro veces por semana, siempre los martes y los viernes (excepto en vacaciones y días festivos, en los que adelanto un día mi cita con la carretera), siempre el mismo recorrido, siempre también la misma franja horaria: a media mañana y a media tarde. Quince años es mucho tiempo, muchos kilómetros, muchas caras, muchos coches, muchas charlas con desconocidos. Me he subido a todo tipo de vehículos, incluyendo furgonetas y camiones, y en una ocasión me monté en un Porsche 911, con un chaval que mascaba chicle sin parar. He visto cómo cambiaba el interior de los coches. La tapicería buena sustituyó al escay o como se llame, los radiocasetes se volvieron más sofisticados y los fumadores empezaron a fiarse de esos ambientadores con forma de abeto y olor ofensivo. He visto cómo se transformaban las carreteras de la Plana de Vic, cada vez más jalonadas de rotondas, y cómo a ambos lados de la vía los campos y los pastos se iban llenando de naves industriales.

La actitud de la gente también ha cambiado, es inevitable, pero desde el punto de vista de quien hace autoestop diría que ha sido para peor. Ahora las mujeres solas ya no me suben nunca, pero nunca, y estoy seguro de que cuando van con su pareja en el último momento obligan al hombre a cambiar de idea, si es que tenía intención de parar. (Si tuviera que contar las veces, a lo largo de todos estos años, que me ha parado una mujer sola, no creo que me salieran más de veinte, y a fe que cada ocasión era digna de celebrar, aunque eso ya lo contaré más adelante.) Puede que ahora los jóvenes sean más abiertos y decididos que antes, y no obstante yo procuro evitarlos porque conducen como caballos desbocados y, además, no saben conversar. Descerebrados. Pardillos. Con los años me he vuelto un poco sibarita, si se puede decir así, y tengo que estar muy desesperado para subirme a un coche con dos o tres chavales. Se paran, bajan la ventanilla y al instante sale del interior una música estridente, una vaharada de humo dulzón. Son señales.

He ahí una de las paradojas de hacer autoestop. Yo les tengo miedo a algunos conductores y ellos me tienen miedo a mí. Y mira que es sencillo: poner el intermitente, detenerse unos segundos, bajar la ventanilla, mirarse a los ojos, preguntar adónde vas y acto seguido decir: «Vamos, suba.» O, si no te fías, dices una mentira: «Lo siento, pero es que voy en otra dirección.» Esto vale tanto para ellos como para mí. Ya sé que hay algo que lo complica todo, claro está: el maldito maletín. El misterio del maletín. Qué hay dentro. Como el conductor tiene pocos segundos para decidirse, su imaginación funciona a marchas forzadas. Están los del antes y los del después. Unos creen ver el hacha con la que los mataré y descuartizaré; otros los fajos de billetes de alguien a quien ya he robado y matado. Los hay que me lo preguntan nada más subirme al coche, para romper el hielo y quién sabe si para ahuyentar la mala suerte:

–Qué, ¿eres viajante? –Me tutean porque creen que me conocen, de haberme visto anteriormente, o porque el hecho de ayudarme les infunde una leve superioridad.

A veces, si los veo tensos, prefiero mentirles para que se tranquilicen. Les digo que sí. Tengo varias respuestas, perfeccionadas por el hábito o por la imaginación televisiva. Qué, ¿eres viajante?

–¡Por lo menos lo intento! –digo, dando unos golpecitos al maletín.

—¡Me has pillado! ¡Culpable! —digo, levantando la mano como si fuera a prestar juramento.

—Sí, pero no te preocupes que no intentaré venderte nada —digo.

Aunque no siempre es fácil, me gusta llevar la conversación para que no me salgan por peteneras. Entonces me invento un trabajo de viajante, pero tiene que ser de algo importante, que no me permita llevar muestras, solo catálogos que no les enseñaré para no aburrirlos. Representante de grúas de construcción. Vendedor de piscinas de jardín. Especialista en butacas de cine. Me he inventado unas cuantas profesiones, y más de una vez me he visto obligado a improvisar explicaciones de experto, cargándolas con detalles innecesarios y tecnicismos absurdos, que son más difíciles de detectar.

Debo reconocer que en momentos así la adrenalina del engaño hace que me suden las axilas y al mismo tiempo me proporciona un bienestar interior, como si por fin eso que llevo tantos años haciendo tuviera una verdadera recompensa.

A modo de contrapunto, quiero consignar que también hay conductores que no abren la boca durante los veinte minutos largos que suele durar el trayecto. No les molesta el silencio y no ponen la radio ni nada. Te sientas allí a su lado y es como si no estuvieras. Bastante han hecho invitándote a subir. Si intentas entablar una conversación, por cortesía, te contestan con un monosílabo que puede ser tímido como un balido de cordero o amenazador como el bramido del león, y enseguida comprendes que más vale dejarlos en paz. Entonces, como ya conoces el paisaje de memoria, paseas los ojos por el interior, discretamente, y te vas haciendo un retrato del conductor a través de ciertos indicios: si es de los que limpia el coche todos los domingos porque no sabe cómo llenar su tiempo libre; si es nervioso porque agarra el volante con demasiada fuerza; si es un despreocupado porque la cinta de la lucha contra el cáncer, colgada del retrovisor, es de hace cinco años. Tienes que hacerlo, debes buscar puntos de fuga mentales, porque, si no, llega un momento en que ese silencio se solidifica dentro del coche y empieza a clavarse en tus sienes, en el pecho, y te hunde cada vez más en el asiento y al mismo tiempo el cinturón de seguridad te ahoga y parece que la carretera te vaya a engullir con toda su negrura. Cierras los ojos, mareado, y sabes que él no vuelve la cabeza para mirarte, es como si no estuvieras allí, y a veces el mal trago solo dura unos segundos, pero otras veces te apeas del coche anquilosado y exhausto, con la sensación de que el trayecto se ha alargado durante tres interminables años y mientras tanto has envejecido de golpe. Te duelen todos los músculos y estiras las piernas como si hubieses cruzado media Europa de una sentada. Sí, hay días así.

Otra de las preguntas habituales, cuando me subo al coche, es por qué hago autoestop a mi edad. Los hay que subrayan la cuestión de la edad con un atisbo de desdén, o de preocupación (como si me vieran desorientado), pues les parece improbable que lo haga porque me apetece. También los hay que dan por hecho que se trata de una situación excepcional. Que estoy en un aprieto y me he visto obligado por las circunstancias. Por eso se quedan de una pieza cuando les digo que no tengo coche, ni carnet de conducir, y que esta es mi manera de desplazarme por trabajo.

Lo que no les digo es que al principio empecé a hacerlo casi por accidente. Soy dormilón y el primer día que me tocaba ir a Vic, con el maletín sin estrenar, se me escapó el coche de línea. El siguiente autobús no pasaba hasta al cabo de una hora y me quedé allí como quien no quiere la cosa, alzando el dedo tímidamente, como había visto hacer a los más jóvenes. No habían pasado ni cinco minutos cuando me cogieron. En la recta de Sant Hipòlit ya habíamos adelantado al coche de línea. Hay hábitos que empiezan por desidia, o por una necesidad perentoria, y no se imagina uno que a la larga se convertirán en una costumbre perdurable. Un día haces autoestop. Otro día te pones tirantes en vez de cinturón. Otro día te inventas una hermana que vive en Londres, por ejemplo, profesora de yoga, por ejemplo, que es la monitora particular de Lady Di, por ejemplo, y todo el mundo se lo traga, porque es más fácil y agradecido creérselo que no hacerlo, y porque siempre pueden usarlo para amenizar una sobremesa con los amigos.

—El otro día paré a un tío que hacía autoestop, al salir de Vic, y me contó una historia alucinante...

Debo decir también que en todos estos años no me ha cogido ningún famoso. Amigos, conocidos y saludados sí, y una vez me llevó incluso el alcalde de mi pueblo, pero gente que salga en los diarios y en la tele no. A los taxistas de Barcelona les gusta recordar el día que llevaron a una cantante melódica, un político, un humorista (que siempre se las da de algo y es un antipático). A la inversa no funciona. El arte de hacer autoestop solo te permite conocer a gente normal y corriente. En apariencia. Abres una puerta y te metes un rato en sus vidas, superficialmente, y después te apeas del coche y te olvidan, y tú los olvidas. En teoría, porque después la realidad te enmienda la plana y te pone a prueba. No deseo a nadie la sensación de ir en un coche robado, por ejemplo. Lo percibes un segundo más tarde de la cuenta, cuando ya estás dentro, con el cinturón abrochado, y él pone la primera y ves que sus movimientos son bruscos porque no domina el vehículo. Solo es una intuición, claro, él no te lo dice, pero me ha pasado dos o tres veces.

De pronto te sientes atrapado y sabes que no puedes escapar, y más te vale estarte quieto y en silencio hasta llegar a tu destino, porque de repente adelantas un coche patrulla –parado en un semáforo, montando guardia en un cruce– y justo antes el desconocido aminora la marcha y te pregunta algo banal, te da conversación, y entonces comprendes que estás representando un papel. Te ha tocado. Eres alguien que crea la armonía, que burla las matemáticas de un sospechoso que viaja solo en un coche robado. Tu rostro anónimo y sereno hace de padre, cuñado, compañero de trabajo, amigo del alma. Aportas cierta dosis de normalidad a la escena, y el conductor ya puede ser un terrorista, o un secuestrador o un simple ladronzuelo (y vete a saber qué hay en el maletero, piensas en un instante de lucidez), pero tú haces el esfuerzo de interpretar el guión no escrito y le sonríes y contestas lo mejor que puedes. Después, en cuanto los policías se pierden de vista, vuelve ese silencio espeso y tú, aliviado, te aferras al maletín y miras a la carretera. Cuando por fin entráis en tu pueblo y te pregunta dónde quieres que pare, le dices que cualquier sitio te viene bien; sobre todo que no sepa dónde vives ni a qué te dedicas. No sea que alguien lo delate y luego él venga a por ti.

A la vista está que lo de hacer autoestop es un azar que te deja a merced de los demás. A veces necesitas distraerte y te pones a contar los coches que pasan. El octavo se parará, te dices convencido, y se para. El próximo coche rojo se parará, te dices desesperado, y no se para. Los pasatiempos que hay que inventar para no perder el buen humor.

Antes he mencionado la época en la que me subían más mujeres conductoras que ahora. ¡Cómo me gustaba! Qué determinación a la hora de llenar los silencios, qué trayectos tan relajados. No quería que se acabaran nunca. Los temas surgían sin ningún esfuerzo y rara vez caían en los lugares comunes del tiempo, el fútbol o el trabajo. Nunca tuve que disimular un bostezo en presencia de una conductora. Ya he dicho antes que tengo una cara especial, y estoy convencido de que algunas mujeres sabían leer en ella la bondad del confidente. Las había que, nada más subirme yo al coche, llevaban la conversación hacia el terreno que les interesaba en ese preciso instante, como si mi misión fuese exteriorizar el hilo de sus pensamientos, hacer de espejo, o de muro en el juego del frontón. Escuché quejas sobre maridos celosos sin motivo, consolé a una chica que se sabía engañada y la animé a dar el paso, intenté abrirle los ojos y el alma a una vecina del pueblo que estaba a punto de casarse con un imbécil. No me cuesta reconocer que hasta le alegré el día a una viuda de Ripoll que tendría veinte años más que yo y buscaba no se sabe qué, tal vez el frenesí de una aventura que agitara la monotonía de la forma más novelesca. Una semana más tarde repetimos, en el mismo ribazo discreto, pero ambos comprendimos que aquello era flor de un día. Cuando me dejó en Sant Quirze me tocó la mejilla con un gesto maternal y me dio las gracias con ojos relucientes: a punto de descarrilar para siempre, yo la había hecho volver a la vía de una sola sacudida (palabras textuales).

Sé muy bien que este recuento de los trayectos femeninos me está saliendo demasiado festivo. Será la nostalgia. Y sin embargo yo también me desangré alguna vez en ellos. Una tarde de martes en Vic, hace años, me subió una mujer que habría podido cambiar mi vida, pero no lo hizo. ¿Sabes cuando de pronto eres consciente de que has encontrado a alguien que te complementa? Me bastaron diez minutos de intuición, dentro de ese coche, para comprender que estábamos hechos el uno para el otro. Si bien, claro está, el mío era un juicio prematuro –la esencia de los amores frustrados, ya se sabe–, por primera vez no tuve la menor duda. He olvidado de qué hablamos, seguramente de nada importante, y eso que después reviví cada segundo que pasé a su lado, el matiz de cada inflexión de su voz, intentando extraer de todo ello vanas esperanzas. Llovía, de eso sí me acuerdo, y de que nada más entrar ella me confesó que se había parado porque le daba lástima.

–Parecías un perro mojado ahí fuera... –dijo. Su tono era desinhibido, rayano en la burla, pero al mismo tiempo rezumaba una ternura desconocida para mí.

–¡Guau, guau! –dije yo, siguiéndole el juego, y tocándome los rizos empapados le pregunté–: ¿Puedo sacudirme el agua aquí dentro?

–¡Pobre de ti! –contestó riendo.

Después entablamos una conversación que para cualquier otro hubiese sido un aburrimiento. No soy de los que quieren arreglar el mundo en cada frase, y diría que ella tampoco. Recuerdo una referencia suya, naturalísima, a la tira de un sujetador nuevo que se le estaba clavando en la piel, no veía la hora de llegar a su casa para quitárselo. También que me preguntó por el maletín. Yo le conté la verdad y ella hizo algún comentario divertido, algo que yo mismo había pensado tiempo atrás, y nos reímos al unísono, y de pronto nuestras risas sonaban muy bien, hacíamos música. Pero lo importante no era el qué, sino el cómo: la sensación de que todo lo que decíamos nacía de una intimidad previa, como si alguien nos hubiese preparado para ello en otra vida, o como si esa familiaridad no fuese del todo nueva y la lleváramos escrita en los genes.

Lo que más me duele es que no estoy seguro de que ella lo viviera como yo, aunque pasé varios meses convencido de que sí.

En esa época yo vivía solo, y la urgencia de encontrar pareja me quemaba por dentro, me estaba haciendo mayor para los estándares de un pueblo. La etiqueta de solterón me acechaba. Los sábados por la noche salía a tomar cerveza con dos amigos y jugaba con ellos al billar americano en el casino. Después hacíamos la ruta de las discotecas de la comarca hasta que salía el sol, pero casi siempre acabábamos comiendo un cruasán caliente en la Pavicsa y regresando solos a casa. La tarde en que conocí a esa mujer –nunca supe su nombre, solo me fijé en el modelo de coche y el color, un Renault 5 blanco, cuando ya se alejaba por la carretera– toda esa inversión de tiempo y alcohol se volvió irrisoria, ridícula. Mi excitación era tan pura que ni se me pasó por la cabeza que nunca volvería a verla. Al contrario, el martes siguiente, guiado por una especie de superstición amorosa, reproduje los mismos movimientos, los mismos horarios, pero ella no apareció. «Ah, solo hace este trayecto los viernes», me dije con la seguridad de quien descifra un enigma fácil, y el viernes volví a repetir el mismo ritual. Casi deseaba que lloviera como la semana anterior, y a poder ser con las mismas gotas, pero mi desconocida no pasó. Nunca más volvió a pasar. Aun hoy, cuando veo que se acerca un Renault 5 blanco, el corazón me da un vuelco.

A lo largo de todos estos años haciendo autoestop, como es lógico, ha habido esperas cortas y esperas largas. Días en los que ni siquiera necesitas sacar el dedo y días en los que el brazo se te duerme de tanto esperar. Al final haces la media y te sale lo comido por lo servido, pero recuerdo haberme desesperado tres o cuatro veces. La peor, sin lugar a dudas, fue poco después de ese breve encuentro con la mujer de mi vida. El viernes siguiente, como no pasó a la misma hora que una semana antes, decidí que la esperaría. Me retiré un poco, dos pasos, para quedar a la vista de los coches pero sin intervenir. Se acercó un chico a hacer dedo, un estudiante, y sufrí pensando que me la quitaría (habría cometido una locura), pero por suerte le pararon enseguida. Adiós. Mientras tanto yo seguía allí, esperando pacientemente, convencido de que ella me vería y me recogería. La invitaría a tomar una cerveza, le hablaría sin tapujos. Pasó una hora, pasaron dos, tres, pero no perdí la esperanza. Se paró algún coche conocido, gente del pueblo que me invitaba a subir, pero no eran ella y me inventé alguna excusa. Se hizo de noche, se encendieron las luces de las casas, llegó la hora de cenar. Me convertí en una sombra inhóspita bajo la luz anaranjada de las farolas. Seguro que se lo pueden ustedes imaginar: son odiosos, esos momentos en los que nadie te coge y te quedas a la intemperie. Para llenar el tiempo empiezas a darle vueltas a todo, y de pronto se te ocurre que estás solo en el mundo, que eres el único superviviente, un robinsón de carretera, hasta que te deslumbran los faros de un coche que acelera para olvidarte más deprisa y entonces vuelves a la realidad.

Hacia las once empezaron a pasar más coches, gente que volvía de cenar con el estómago lleno, grupos de jóvenes que salían de marcha y a los que yo habría estorbado, auténticos viajantes que volvían de pasar todo el día en Barcelona y estaban demasiado cansados. En la oscuridad, el maletín parecía más negro y amenazador. Hacia la medianoche desistí, fracasado, hundido, y por primera y única vez en la vida me quedé en Vic sin montarme en ningún coche. Con cuatro pasos, tal como había previsto en otras tardes difíciles, me planté en una pensión de la ronda Camprodon y alquilé una habitación sencilla, de aspecto monacal. La cama, la mesilla de noche y un televisor demasiado grande y sin mando a distancia componían la escenografía ideal para mortificarme pensando en la mujer de mi vida. De esa noche en el purgatorio, que transcurrió entre sueños y fijaciones, apenas recuerdo nada, pero sí que en algún momen-

40

to me desvelé, abrí el cajón de la mesita de noche y descubrí que había una Biblia en su interior. Estaba tan fuera de mí que, si llego a encontrar una pistola cargada, me mato de un tiro.

Me entretengo contando todas estas penas del autoestop y, sin embargo, no querría quedar como un desagradecido o como alguien que se ríe de los demás. Lo cierto es que los conductores se muestran casi siempre amables y francos conmigo, y enseguida nos ponemos a hablar de los asuntos públicos de la comarca. Que si a tal alcalde lo han visto yendo de putas. Que si algunos granjeros hacen lo que les da la gana con los purines. Que si tal restaurante de Vic ha cerrado y ya se veía venir. Recuerdo a un tipo –un tal Manubens, de Campdevànol– que durante cerca de un año me cogía todos los martes para el trayecto de vuelta. Después de cuatro o cinco veces, ni siquiera me molestaba en hacer dedo. Como él siempre pasaba a la misma hora, lo esperaba en el mismo sitio, delante de una papelería que años después se convirtió en una tienda de informática, y él me recogía con su Ford Fiesta, creo que era. Me entendía bien con ese hombre. Era mayor que yo y de entrada un poco arisco, pero con cada nuevo viaje nos fuimos compenetrando un poco más. Recordábamos las opiniones del otro, sabíamos escuchar, moldeábamos nuestras palabras para no tocar zonas de conflicto. Recuerdo que era a finales de los años noventa porque él no soportaba todas esas paparruchas del efecto 2000. Decía que eran patrañas de los americanos para tenernos controlados y sumisos, y por la misma razón también echaba pestes de los teléfonos móviles. Juraba que nunca tendría uno porque te convertían en un esclavo (me gustaría verlo ahora). Otra cosa que le daba rabia, pero de la que siempre hablaba, eran las horas muertas de cuando estás de baja y tienes que quedarte en casa y te peleas por todo con tu mujer. Manubens siempre vestía chándal, un modelo de color verde oscuro un poco anticuado, vagamente militar, vagamente brasileño, con rayas amarillas a los lados. Se notaba que no estaba acostumbrado a llevarlo y que por dentro se sentía ridículo, pero era una cuestión de comodidad. El segundo día me contó que venía de hacer rehabilitación en el hospital. Era albañil, y no hacía mucho había tenido un accidente grave con un andamio, aunque no se le apreciaban secuelas. Si yo le preguntaba algo sobre el particular, escurría el bulto con vaguedades, se notaba que no tenía ganas de hablar de ello, pero al mismo tiempo un gesto lo delataba: se tocaba la nuca con un ademán rápido, como si se palpara una cicatriz bajo el pelo ralo. Otro día se le escapó que el asunto estaba en manos de abogados y pendiente de juicio, y que había habido un muerto. Un pobre chico que ni se había dado cuenta de lo que pasó. Como caigas mal, vas listo. Después se le torció la boca en una mueca de dolor, como si alguien lo torturara por haber hablado más de la cuenta, y ya no le pregunté nada más.

Una tarde, cuando hacía ya unos diez meses que coincidíamos todos los martes, el coche tuvo una avería pasada la curva de Can Pantano. De pronto se oyó un estruendo, seguido de un largo chirrido. Manubens frenó enseguida y se arrimó a la cuneta. Yo pensé que era un reventón.

—¡Me cago en todo! —exclamó, y nos apeamos los dos del coche. Cuando lo vi andar me percaté de que cojeaba, como si una de las piernas, no recuerdo cuál, le flojeara y la arrastrara un poco. Era más alto y huesudo de lo que aparentaba sentado al volante, y a la luz exterior parecía más viejo. Abrió el capó del coche, le echó un vistazo y emitió el diagnóstico al instante:

—Es la correa del ventilador. Ya me lo imaginaba. Menos mal que hemos parado enseguida.

Siempre es la correa del ventilador, pensé yo, que no entendía nada de mecánica. Manubens llevaba una de repuesto en el maletero y se puso a cambiarla. Me ofrecí a ayudarlo por cortesía y, con la cabeza metida en el motor, me contestó que no hacía falta, que no tardaría más de diez minutos. Para no estorbarle, me fui a estirar las piernas por el arcén. Empezaba a oscurecer y a esa hora pasaban pocos coches. Creo que era el mes de abril y los campos de cebada se rizaban con diversos tonos de verde, según si a aquella hora les tocaba el sol o ya no. Unos metros más allá, nada más pasar la curva, me fijé en un quitamiedos al que alguien había atado un ramo de rosas rojas. Las toqué. Se habían marchitado, pero aún no estaban secas del todo. Probablemente no hacía mucho del accidente fatal, o quizá del aniversario del accidente fatal. Después, buscando indicios, se me fueron los ojos hacia el terraplén que bordeaba la carretera. Aunque no había cristales rotos en el asfalto, ni manchas de aceite ni de nada —alguien lo había limpiado a conciencia—, la tierra y las malas hierbas se veían removidas y segadas de raíz en algún punto, y no me fue difícil imaginar el amasijo de hierros al que habría quedado reducido el coche que se encaramó a la pendiente, el violento trompazo, el derrape. Por eso no me saqué nunca el carnet de conducir. Luego, cuando ya daba la vuelta para regresar al coche, acerté a ver algo en el suelo, entre las hierbas, que resultó ser una cinta de casete sin su funda. La cogí. Era de la marca BASF, de las de grabar, y alguien había escrito «Fiesta, fiesta, fiesta» en ambas caras.

Un grito de Manubens, que ya había terminado con la correa, dispersó mis pensamientos. Mientras me acercaba, puso el motor en marcha y por un instante pensé que me

43

dejaría allí tirado, llevándose mi maletín. Era una idea absurda, pero quizá por esa especie de miedo, para justificarme por haberlo hecho esperar o para distraernos del susto, le enseñé la cinta.

—Mira lo que he encontrado en el suelo —dije ya dentro del coche. No mencioné el ramo de flores.

—¿Crees que funcionará? Ponla, venga.

—Parece estar bien —contesté—. Si te gusta, tuya es.

Ahora que sé lo que pasó a continuación, parece una broma de mal gusto.

Él mismo encendió el radiocasete, sacó la cinta que había puesta y con un gesto brusco metió la nueva en el reproductor. Pasaron varios segundos de silencio y, cuando ya estábamos a punto de desistir, una voz grave emergió de los altavoces y poco a poco se fue volviendo más aguda —la cinta se tensaba— hasta que reconocimos una melodía alegre. Manubens sonrió. Era una canción que había oído decenas de veces, de un grupo inglés de mi época. ¿Supertramp, quizá? No estaba seguro, pero de pronto pensé que esa era la canción que iba oyendo quien hubiese tenido el accidente, y me sobrevino una angustia hipócrita, como si no tuviéramos ningún derecho a ponerla y estuviésemos profanando los últimos instantes de vida de otra persona. Manubens no se dio cuenta de nada, y luego, cuando empezó la siguiente canción, dijo:

—¡Esta sí que la conozco! Son los ABBA, ¿no? Ganaron en Eurovisión hace años.

Asentí. La oscuridad había engullido hasta el último rayo de sol y ya nos acercábamos a Orís. Entonces, hacia la mitad de la canción, que era «Waterloo», la música se aceleró demasiado. Los cantantes empezaron a desafinar y a soltar unos mugidos grotescos, como si la cinta se hubiese destensado o enredado por dentro, vete a saber, como si alguien los torturara sin compasión. En dos segundos la música se volvió lóbrega, tal como me imagino que es una psicofonía, y unos aullidos de ultratumba se mezclaron con unos gritos infantiles. El efecto era cómico y yo me eché a reír, exageradamente, pero de pronto Manubens se acercó al arcén y frenó en seco, casi derrapando, y con un gesto de indignación paró el casete, lo sacó, abrió la ventanilla y lo arrojó de nuevo a la oscuridad. La cinta se había deshecho dentro del aparato, como desmadejada, y salió revoloteando con un destello acharolado.

–¿De dónde has sacado esto? –me preguntó a gritos–. ¿Quién eres tú? ¿Qué te traes entre manos?

–¿Yo? Nada... –dije en voz baja, inocente y al mismo tiempo asustado ante su reacción, pero no sé si me oyó. En la penumbra del momento le vi el rostro desencajado, como si aquellos sonidos salvajes lo hubiesen devuelto a un lugar o un tiempo que le inspiraba pavor. Tal vez tuviera algo que ver con su desgracia en la obra, no lo sé. Tal vez había atado cabos y comprendía de pronto que en aquella especie de alaridos resonaban las voces del accidente, unos kilómetros atrás. El dolor de los demás es un misterio que nos inmoviliza y a veces nos supera y no sabemos cómo reaccionar ante él. Yo me quedé tan patidifuso que no me atreví a decir nada más. Él tampoco volvió a abrir la boca. Arrancó de nuevo y al cabo de cinco minutos estábamos en Sant Quirze. Me dejó en el mismo punto de siempre y, cuando me apeé del coche, le di las gracias. Por toda respuesta, hizo un gesto con la cabeza –anda, vete–, contento de perderme de vista.

A lo largo de tantos años de hacer autoestop he visto de todo, pero me parece que esta historia, la de Manubens, resume bien la extrañeza de todas las personas sin excepción, eso que llamamos convencionalmente vida interior, y que se manifiesta de mil formas imprevistas y contradictorias. El martes siguiente, a la hora habitual, me planté en el mismo punto de todas las semanas. Confiaba en que Manubens volviera a recogerme y pudiéramos hablar de lo sucedido, incluso había ensayado una especie de disculpa, pero no volví a verle el pelo. Puede que haya acabado la rehabilitación, me obligué a creer. No obstante, la carretera tiene un gran poder evocador y cada vez que paso por allí, justo después de la curva de Can Pantano, revivo por unos segundos ese anochecer de abril con Manubens. A veces me fijo en el ramo que sigue atado al quitamiedos, con las rosas más secas o de nuevo más frescas, como una recomendación de prudencia. A veces pienso en esos gritos endemoniados que salían del casete y la memoria los sobredimensiona. Después el cuentakilómetros avanza y vuelvo a olvidarlo, claro.

Me parece que ya lo he dicho antes: tengo una tendencia a fabular que es una reacción al trato forzoso con los demás, un mecanismo de defensa, por así decir. Son muchos años y me tienta una imagen abstracta: yo mismo deshaciéndome a trocitos en cada uno de los coches que me han llevado, habitándolos eternamente hasta que llega el día en que se despeñan, o se llenan de polvo abandonados en un garaje de pueblo, o bien se dirigen dócilmente al cementerio de coches, donde se oxidarán bajo la lluvia y el sol hasta que una máquina los reduzca a un cubo de acero.

A pesar de estos devaneos mentales, hay días en los que también pienso que mi legado de todos estos años en la carretera es haberme convertido en una leyenda urbana. O rural, según se mire. Una variación de la famosa historia de la chica que hacía autoestop una noche tenebrosa y que desaparecía en la misma curva en la que años atrás había tenido un accidente que le había costado la vida. Con la diferencia de que yo no he muerto. Hay conductores que me ven desde hace años, saben que estoy ahí y sin embargo pasan de largo. Un día no estaré y ellos seguirán viéndome. Ese será mi pedacito de posteridad.

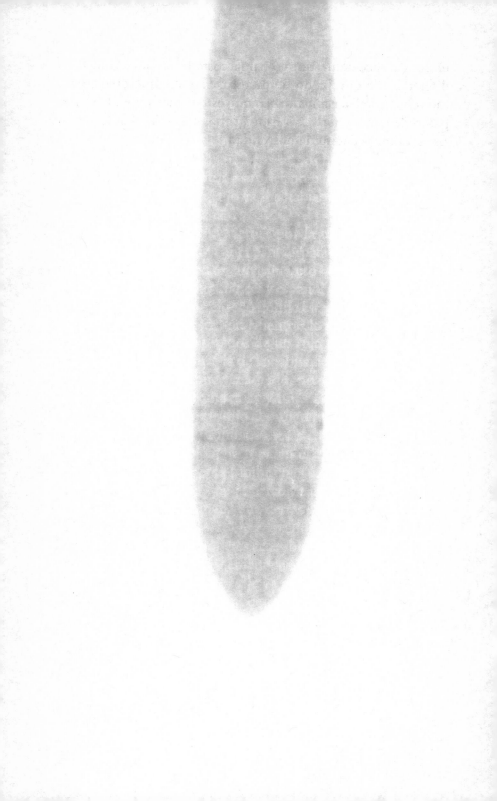

RIÑÓN

La primera carta llegó un martes a mediodía, pero Gori no la abrió hasta casi una semana más tarde. No la abrió porque no le apetecía. Desde que había dejado atrás los problemas de salud, su vida avanzaba sin urgencias. Además, por alguna razón absurda que ya había olvidado, siempre abría el correo el lunes por la noche. Así, las poquísimas cartas que recibía iban a parar a una silla de mimbre que había al lado de la puerta, donde se apilaban junto con los recibos del banco, los folletos publicitarios o la revista del colegio de pediatras, que cada dos meses llegaba puntualmente a nombre del antiguo inquilino de la casa.

Así pues, Gori despachó el correo el lunes por la noche, sentado a la mesa de la cocina, mientras esperaba que hirvieran unos espaguetis. Abría las cartas con un cuchillo, les echaba un vistazo y separaba las que debía guardar de las que no. Cuando cogió el sobre que ha dado pie a esta historia, reconoció al instante la letra de su hermano. No llevaba remite, pero le bastó con ver su propio nombre y la dirección. Era una letra esbelta y huesuda, de trazo enérgico. La te mayúscula evocaba una tibia; las ces eran redondeadas y angulosas como el pómulo de una modelo rusa. Mientras

49

estudiaba las letras, recordó un artículo que había leído en un suplemento dominical. Un grafólogo serio explicaba que hacia los doce años adoptamos la caligrafía que habrá de acompañarnos toda la vida, y que luego la letra evoluciona con nosotros según nos hacemos adultos. Solo las personas muy seguras de sí o muy supersticiosas conservan siempre el mismo estilo, sin variaciones perceptibles.

Con desgana, como si no acabara de creérselo, abrió el sobre, sacó de su interior una hoja doblada por la mitad y la leyó. Era la misma letra impertinente de su hermano. La carta no estaba fechada ni firmada, y en ella había una sola frase escrita:

«Necesitaré un riñón.»

Gori comprendió al instante qué le pedía su hermano, pero no reaccionó de ningún modo, ni bien ni mal. Volvió a doblar la hoja para guardarla en el sobre. Entonces se dio cuenta de que dentro había otro papel y lo sacó. Era un cheque de tres mil euros al portador. Ahora sí: ahogó una sonrisa burlona con un suspiro de lástima. Acto seguido rompió el sobre, la carta y el cheque y arrojó los mil pedazos a la basura. Los espaguetis ya debían de estar a punto. Tenía hambre. Hacía treinta años que no veía a su hermano.

Desde que era adulto, Gori sufría ataques de soledad. Eran ataques esporádicos, benignos, pero llegaban sin previo aviso y lo dejaban sumido todo el día en una falsa nostalgia del pasado que brotaba de la imaginación y no del recuerdo. ¿Dónde lo habría llevado la vida si no se hubiese marchado de ese modo hacía tres décadas?, se preguntaba febril. Las respuestas siempre eran fantasiosas y, como las películas de humor adolescente, tenían la virtud de diluir su desánimo.

50

Ahora vivía solo. Hacía ya cuatro años. ¿O eran cinco? Perdía la cuenta. Había tenido largas temporadas de una gran actividad amorosa, en las que una novia reemplazaba a otra sin darle tiempo a sentirse abandonado, y más tarde había llegado incluso a vivir nueve años, tres meses y dieciocho días con la misma mujer. También tenía varios amigos. Al principio se obligaba a relacionarse con los demás. «En los pueblos hay que tener amigos de verdad, si no, acabas pudriéndote», se decía. Muchas noches bajaba al bar y jugaba al dominó, los domingos por la mañana salían en bici a recorrer senderos de montaña, cogía prestados de la biblioteca los libros que le recomendaban.

A veces, durante esos accesos de soledad, cuando sentía que la casa se le caía encima, como si todas las risas y conversaciones del pasado feliz hubiesen carcomido las vigas de madera, Gori también cavilaba sobre su propia muerte. Se preguntaba quién lo encontraría, si sufriría mucho, dónde irían a parar sus cosas, pero en el fondo eran preguntas retóricas que lo ayudaban a compadecerse de sí mismo. Había pasado momentos complicados de salud y los amigos nunca lo habían dejado solo. Además, no se había llevado nada de la casa familiar. Treinta años atrás se había ido sin decir adiós. Entonces tenía dieciocho recién cumplidos. Era el benjamín, pero solo se llevaba catorce meses con su hermano. Un año y dos meses. La gente decía que parecían gemelos. Costaba entender que, habiendo salido del mismo vientre y bombeando la misma sangre, la vida los hubiese hecho tan distintos.

Gori se había marchado de un día para otro, lleno de rabia, dejándose llevar por un pronto. El tiempo, sin embargo, lo había ayudado a comprender que aquella no había sido una decisión impaciente y precipitada, sino una maduración que venía de lejos, tal vez desde su nacimiento, el desenlace de una situación que se había vuelto insoportable.

Al día siguiente, ni su padre ni su hermano lo habían buscado. Seguramente se alegraban de que se hubiera largado. Él había llamado a casa al cabo de un mes, desde el norte de Francia, y les había dicho que no pensaba volver, que sus vidas se habían separado definitivamente. Ahora lo acogía el vasto mundo, ¿entendido? Había ensayado el discurso delante del espejo de la pensión, tenso como un bandolero que se prepara para el tiroteo final, pero con el teléfono en la mano le temblaba la voz. Después, el desafecto con que su padre y su hermano habían encajado la noticia, su conformismo, había ahondado todavía más la distancia que los separaba. «Ah, de acuerdo, que te vaya bien.» Si su madre siguiera viva... Pero su madre había muerto años atrás, cuando él tenía catorce, y su súbita ausencia tal vez fuera el primer síntoma evidente de todo lo que vino después.

En la cama, antes de quedarse dormido, Gori pensó en su hermano. No le costó imaginarlo en el momento de escribir esa carta, a solas en el despacho. Quizá al volver de la sesión de diálisis. El médico especialista de la clínica privada le habría hablado de las opciones posibles, le habría preguntado si tenía algún hermano. Se lo imaginó cogiendo el papel en un arrebato y escribiendo la frase sin darle muchas vueltas, sin escoger las palabras, como si ese gesto bastara para dejar atrás los años de silencio y recuperar la cercanía con él. Como si no le diera alternativa. Al fin y al cabo era su hermano, joder. Ese futuro en primera persona —«necesitaré»— sonaba tan arrogante que solo podía leerse en clave irónica. Como si lo mirara a los ojos desde el papel y le dijera: «Tendría que ser más delicado y pedírtelo con educación, pero sé que tú sabes que yo no soy así, que no puedo haber cambiado, ni siquiera en un momento de desesperación. Si me muestro educado y te lo pido por favor, me verás como un falso que quiere hacerte la pelota y me despreciarás. Así, en cambio, desde mi prepotente superioridad, me ves tal como soy, tu hermano de sangre, y sabes que no estoy siendo arrogante sino sincero.»

De hecho, todo esto ya se entreveía en la propia letra de su hermano, con ese trazo irascible. Siempre había sido así. Cuando tenían once y doce años, jugaban juntos y se peleaban poco. A menudo, si los juegos de la calle lo propiciaban, los dos hermanos se aliaban para enfrentarse a otro niño. Gori había salido un poco más canijo, más retraído. En la escuela, a la hora del patio, el hermano mayor lo había defendido más de una vez. Los unía un instinto de protección. Luego, un mes de junio, sus padres decidieron que el mayor ya tenía edad para irse de campamento y lo apuntaron a un grupo de scouts. Quince días en el bosque, en contacto con la naturaleza, durmiendo en tiendas de campaña, bañándose en el riachuelo helado, descubriendo al buen salvaje que llevaba dentro. Por su parte, se decían los padres, Gori se vería obligado a jugar solo y espabilaría más. Y si la experiencia era buena al año siguiente se irían los dos de campamento.

Su hermano se emocionó cuando recibió la noticia y no tardó en imaginar cómo llenaría ese paréntesis de libertad. Sus padres le compraron una cantimplora, una brújula, un saco de dormir, una navaja suiza. Gori lo escuchaba, toqueteaba aquellos objetos, se moría de ganas de acompañarlo. Al cabo de quince días, sin embargo, su hermano volvió cambiado. Más serio y distante, no parecía que hubiese pasado dos semanas en un campamento de montaña, sino en una isla desierta, a solas, luchando contra los elementos para sobrevivir. Se diría que lo habían obligado a cruzar algún umbral prohibido, a desollar un conejo con los dientes, a entrar en una cueva infestada de murciélagos.

Este nuevo carácter, además, contrastaba con las novedades más ingenuas de Gori. A lo largo de esas dos semanas, para no sentirse tan solo, se había inventado un amigo invisible que lo acompañaba a todas partes. Le había puesto un nombre curioso, Amida. No hacía falta ser muy listo para darse cuenta de que era un anagrama del nombre de su hermano. Gori y Amida se habían vuelto inseparables. En la piscina saltaban del trampolín cogidos de la mano; leían el mismo ejemplar de *Cavall Fort* a la vez y se reían con los mismos chistes. Gori también se acostumbró a escribir un diario todas las noches, antes de irse a dormir. En él contaba lo que había hecho durante el día, sin muchas complicaciones, pero siempre desde el punto de vista de Amida. «Octavo día sin D. Hoy Gori y yo hemos comido un polo de Coca-Cola y limón. Luego hemos seguido por la tele la carrera de los cinco mil metros del mundial de atletismo.» Esa clase de cosas. Las palabras de Amida, escritas con tinta de verdad, hacían más verosímil aquella existencia inventada.

El hermano mayor no tardó en sentir celos de Amida. Según se iba desvaneciendo el efecto elitista de los días en el campamento y una vez más se imponía la jerarquía del mundo real —madre, padre, hermano mayor, hermano pequeño y pesado—, la figura del niño invisible se le hizo cada vez más insoportable. El primer día, mientras cenaban, Gori le habló de ese ser invisible y su hermano mayor reaccionó con condescendencia. «Son cosas de niños», se dijo para sus adentros, súbitamente adulto, y buscó la complicidad de su padre con una mirada burlona. Sin embargo, al cabo de unos días comprendió que Amida se interponía entre ambos. Gori ya no le seguía la corriente como antes. Su ascendente había menguado, su hermano había aprendido a llenar el tiempo solo –bueno, solo no, en compañía del imbécil de Amida– y él se sentía traicionado, menospreciado, inútil. Una noche, cuando Gori ya se había dormido, se levantó sin hacer ruido, cogió el diario y se encerró en el baño. Tras leer varias entradas al azar, inflamado de rabia, cogió un bolígrafo y garabateó unas palabras en la última página. Poniéndose por primera y última vez en la piel de Amida, escribió lo siguiente: «Hoy me he cansado de Gori. Es un niño aburrido y llorica. No quiero volver a verlo. Me iré de esta casa antes de que salga el sol. ¡Adiós, familia imbécil!»

Al día siguiente, el hermano mayor esperó acostado hasta que Gori se despertó. Dormían en la misma habitación y entre las dos camas, en el suelo, yacía el diario. Gori lo vio enseguida, lo cogió, alisó las páginas arrugadas y, como si lo guiara un presentimiento, buscó rápidamente la última página escrita. Mientras la leía reconoció la letra colérica de su hermano y se abalanzó sobre él de un salto. Se las pagaría. El hermano mayor no tardó en reducirlo y, cogiéndolo con una mano por la nuca, tal como le habían enseñado en el campamento, lo dominó y le dijo:

–Me parece que ha quedado muy claro que ese tal Amida es un cabrón. No merece tu amistad, Gori. Ahora mismo quemaremos esta libreta y desaparecerá para siempre.

Entonces salieron los dos al jardín, todavía en pijama, y con un poco de alcohol quemaron el cuaderno en la barbacoa, hoja por hoja. Gori, dócil como un corderito, resignado, no podía apartar los ojos de las páginas consumidas por las llamas, que se elevaban unos instantes en el aire y luego se deshacían en copos de ceniza, como un vuelo rasante de pájaros de mal agüero.

En la cama, ahora, Gori se despertó de repente con un grito ahogado, con la sensación de que un ala de cuervo le había rozado la mejilla. Se tocó la cara porque de pronto tuvo la sensación de que estaba sucia. Comprendió que esa escena del pasado se le había infiltrado en el sueño. Pero no era un sueño. Años atrás las páginas de su diario habían ardido, desde luego, y su hermano mayor remedaba un gesto autoritario mientras las acercaba al fuego. Lejos de desvelarlo, el recuerdo del hermano que iba a necesitar un riñón lo sumió de nuevo en un profundo letargo. Mientras descendía hacia la inconsciencia, alcanzó a esbozar este pensamiento: ¿por qué no recordaba ningún otro episodio de su niñez con tanta claridad? Era como si un antólogo hubiese escogido precisamente ese mal día para representar los años que habían pasado juntos.

La segunda carta llegó una semana después y el sobre llevaba escrita la palabra «urgente». Puesto que ya sabía desde el primer momento qué le contestaría a su hermano mayor, Gori disfrutó con crueldad de este nuevo intento. Era la misma letra, por descontado. Si la observaba con detenimiento, tal vez el ritmo de las palabras fuera un poco más nervioso, delatando una impaciencia que él conocía bien. Durante unos minutos, jugó con la idea de tirar la carta sin abrirla, o de hacer que el cartero la devolviera. «Desconocido», estamparían en el sobre. La sopesó y le pareció más gruesa que la primera. Le pudo la curiosidad y la abrió apresuradamente. ¡Qué decepción! Dentro había una hoja con la misma frase exacta: «Necesitaré un riñón.» Pese a ser un hombre de éxito, su hermano nunca había tenido mucha imaginación. Aquella carta parecía una fotocopia de la anterior. Si la hubiese conservado, habría cogido las dos hojas y las habría mirado a contraluz. La única diferencia, comprendió, era que esta vez había firmado con la inicial de su nombre: D.

Extrajo del sobre un nuevo cheque al portador. Doce mil euros. Ah, la cosa se animaba. O sea, que su hermano creía que todo se reducía a una cuestión de dinero... Una vez más estuvo a punto de rasgarlo, pero se lo pensó mejor. ¿Y si lo cobraba? No tenía deudas, pero tampoco le sobraba el dinero para tirarlo así como así. El problema era que su hermano lo sabría. Le molestaba la idea de que apareciera por allí el día menos pensado reclamando algo.

A lo largo de esos treinta años no habían vuelto a verse en persona, ni a propósito ni por casualidad. Tras marcharse de casa, Gori se había instalado en un pueblo del norte de Francia durante una temporada. Al principio se había ganado la vida con tareas sencillas que no exigieran un gran dominio de la lengua, como hacer de burro de carga en un hotel de tercera categoría o trabajar en un vivero de hierbas y plantas medicinales. Al verano siguiente había bajado más hacia el sur, siguiendo la pista de un amigo que todos los años se iba a vendimiar al valle del Ródano, y después, gracias a los consejos de un jefe con el que había congeniado, se había instalado en un pueblo de la Cataluña francesa, al pie de los Pirineos. Había ido aprendiendo francés, pero ahora, además, podía hablar catalán con algunos vecinos. Al principio siempre que se fijaba en la mole de las montañas que se alzaban a lo lejos, se le antojaba una muralla insalvable que lo distanciaba de su padre y su hermano, de su tierra. Con el tiempo, ese resentimiento fue diluyéndose hasta convertirse en indiferencia. La fuerza de los días normales, el trabajo de jardinero –que poco a poco se había convertido en auténtica vocación– y una serie de lazos sentimentales acabaron arraigándolo. A despecho de algunos amigos suyos, que lo veían como un despropósito, llegó incluso a pedir la nacionalidad francesa.

Cuando alguien preguntaba a Gori cómo había acabado en ese pueblo, él se hacía el enigmático. «Por una chica», decía, y era verdad. No le gustaba nada hablar de ella. Dejaba la respuesta en el aire y que cada cual pensara lo que quisiera. Si lo pinchaban para que fuera más explícito, se ponía de mal humor y atajaba la conversación diciendo que era «una historia trágica», y eso también era verdad. La chica, sin embargo, no tenía la culpa de nada. De hecho, era la principal víctima de lo sucedido. Esto es lo que había pasado. Cuando tenía diecisiete años, Gori había empezado a salir con una compañera de clase del instituto. Se llamaba Mireia y era complicada. Gori y ella se entendían muy bien, se hacían compañía, a menudo sin apenas necesidad de palabras, pero más allá de ese reducto Mireia circulaba por una montaña rusa de emociones. Era hija única y venía de una familia muy tradicional, con unos padres que la censuraban por todo, y la rebelión constante era el único estado de ánimo que la hacía sentirse viva. Más de una vez, cuando quedaba con Gori después de una crisis familiar, agotada, con los ojos irritados y las manos temblando de tanta tensión, Mireia le decía entre lágrimas: «¡Tengo prisa por hacerme mayor!» Entonces él la abrazaba con ternura.

Mientras tanto, el hermano de Gori había empezado a estudiar en la universidad. Económicas. El padre le había hecho saber que, si se sacaba la carrera con buenas notas, le dejaría el negocio familiar y dinero de sobra para que pudiera expandirlo. El hermano mayor había tenido bastante con vivir seis meses en Barcelona, en una residencia de estudiantes, para convertirse en un fanfarrón, un engreído, un pelmazo. Ahora, además de quemarse las pestañas estudiando, jugaba en el equipo de rugby de la facultad y se codeaba con algunos cachorros de la alta burguesía barcelonesa, cuyos apellidos, pronunciados en la mesa durante el almuerzo de los domingos, hacían que los ojos de su padre chispearan de admiración. Gori, sin embargo, escuchaba las milongas de su hermano y le venía a la mente esa otra transformación de hacía seis años, cuando había vuelto del campamento convertido en un depredador solitario.

Una noche de sábado, por esa misma época, Mireia fue a recoger a Gori a su casa y coincidió con el hermano mayor. Gori había salido a jugar al fútbol sala y aún no había vuelto. Cuando llegó, con media hora de retraso, encontró a Mireia y su hermano muy compenetrados. Reían y fumaban mientras tomaban una cerveza. De pronto, por efecto del decorado, Mireia parecía otra persona. Gori nunca llegó a saber de qué habían hablado porque ni ella ni él quisieron contárselo. Tonterías. Mataban el tiempo.

A partir de ese sábado, el hermano mayor se interesó más por Mireia. Si Gori y ella salían por la noche para ir a los futbolines, o con la intención de llegarse al pueblo de al lado haciendo dedo, él se apuntaba sin preguntar. Como ya tenía el carnet de conducir, se ofrecía para acompañarlos en coche a donde fuera. La primera vez Gori se sentó delante y Mireia detrás, pero la chica no tardó en pedir que la dejaran hacer de copiloto y poner música en el radiocasete. Entonces Gori se encogía en el asiento posterior, como si lo engullera la oscuridad, y se concentraba en las canciones siniestras de The Cure para no tener que escuchar lo que decían ambos allí delante, las aventuras barcelonesas y las insinuaciones de su hermano. Aunque no dejaban de ser historias banales, se notaba que tenía más mundo que ellos, ahora que vivía en Barcelona, y Mireia las absorbía como un gran regalo: ahora sí, ahora la hacían sentirse mayor. Si iban al pub, Gori tomaba cerveza, como siempre, pero ella empezó a pedir un gin-tonic de Bombay, como su hermano.

Entre semana, de lunes a viernes, al salir del instituto, Gori disfrutaba de una prórroga para recuperar el terreno perdido. Mireia volvía a hacerle caso, como si el ambiente escolar y los apuntes resultaran propicios. Después de clase iban a la tienda de discos y escuchaban alguna canción con los auriculares. El nuevo disco de Ultravox, de Depeche Mode, de Japan. Reían y gritaban hasta que el dependiente les regañaba. Se perdían en el parque, se besuqueaban y se toqueteaban un rato, y después él la acompañaba a casa. Si alguna vez Gori insinuaba que fueran un paso más allá en el sexo —en su casa estarían solos—, ella reaccionaba con excusas. Ni contigo ni sin ti. Sus padres la tenían acobardada.

Una tarde, mientras charlaban, ella le contó como si tal cosa que su hermano la había llamado desde Barcelona. Gori se puso hecho una furia.

—No pasa nada —dijo ella para tranquilizarlo—, yo ya sé que tu hermano es un chulo piscinas.

—¿Pero te gusta? —le preguntó él.

—No lo sé. Me caéis bien los dos... Pero creo que tú me gustas más.

Otro día, cuando ya habían acabado las clases, Mireia le dijo a Gori que su hermano había llamado para invitarlos a Barcelona.

—Ha sugerido que bajemos los dos en tren el sábado por la tarde, y luego él nos subirá en coche por la noche. ¿Qué te parece? No volveremos muy tarde, como un sábado normal. Yo les pondré alguna excusa a mis padres, que he quedado para estudiar con mis amigas para la selectividad, por ejemplo...

La voz le salía con un tono de súplica inconsciente. Gori se obligó a sonreír y dijo que se lo pensaría, aunque ya estaba seguro de que no podría ser. Qué cabrón, su hermano.

Sabía perfectamente que ese sábado tenía un partido decisivo de fútbol sala.

Al final Mireia se fue sola a Barcelona. Cuando el hermano de Gori la dejó en casa, de madrugada y hecha un lío de sentimientos, sus padres la esperaban despiertos y armados con todo el arsenal de reproches. La bronca que le echaron se sumó a su agitación interna. Presa de un llanto inconsolable, los dejó con la palabra en la boca y se encerró en su habitación. Al día siguiente, a media mañana, Gori despertó a su hermano con malos modos.

—¿Qué, anoche te lo pasaste bien con Mireia? —le preguntó. El tono pretendía ser sarcástico. Su hermano esbozó una sonrisa maliciosa que lo decía todo, pero después añadió que aquello no podía seguir así.

—Ayer, Gori, cuando dejé a Mireia en su casa, le pedí que escoja de una vez. O tú o yo. Esta tía está jugando con nosotros y yo paso de hacer el primo, ¿me entiendes? Si te prefiere a ti, perfecto. Ya me buscaré a otra. Si me escoge a mí, tú harás lo mismo.

Esa tarde Gori llamó a Mireia, pero ella no se puso al teléfono.

—No sé qué le hicisteis ayer —le dijo su padre, exaltado—, pero de una cosa puedes estar seguro: ¡no volveréis a verla, desgraciados!

Esta incertidumbre se prolongó durante una temporada, como si una fuerza exterior los empujara a todos hacia el inevitable drama rural. En el instituto, entre semana, Gori se daba cuenta de que Mireia había perdido el sentido de la realidad y lo ignoraba. Hacía las cosas por inercia, se comportaba como si él no estuviera, o como si alguien la obligara a no hacerle caso para no empeorar todavía más las cosas. Los sábados, cuando el otro subía desde Barcelona, los padres de ella estaban más alerta que nunca y buscaban excusas para no dejarla salir: una cena familiar, la visita de unos primos lejanos... Como suele pasar, este bloqueo del mundo exterior tuvo el efecto contrario al buscado, y el ultimátum del hermano mayor a Mireia –o él o yo– fue tomando unas dimensiones terribles, una asfixia generacional insoportable. Y un lunes, al caer la noche, incapaz de decidir o saber qué quería, aprovechando que sus padres habían salido a comprar, Mireia se cortó las venas en la bañera.

Dos días después, al volver del entierro, Gori se marchó de casa para siempre.

Recibió la tercera carta de su hermano una semana más tarde. El nombre y la dirección estaban escritos con la misma letra, pero esta vez el sobre no llevaba sello. Alguien había dejado la carta personalmente en el buzón. Gori abrió la puerta y echó un vistazo fuera, pero no vio a nadie que pudiera ser el cartero misterioso. Pese a todo, era inimaginable que su hermano hubiese viajado hasta allí para pedirle un riñón. Dentro del sobre, esta vez, el texto era un poco distinto: «Ahora sí que necesito un riñón, Gregori. Ahora ya es urgente. Tiene que ser uno de los tuyos. Pídeme lo que quieras.» El cheque al portador confirmaba el extremo de desesperación, porque no llevaba ninguna cifra escrita. Que la pusiera él.

A lo largo de esos treinta años de exilio familiar, Gori había tenido noticias directas de su hermano en tres ocasiones, una por década. La primera fue a raíz de la muerte de su padre, justo cuando hacía tres años que se había marchado del pueblo, y en vez de apenarlo lo reafirmó en su decisión. El abogado de la familia había removido cielo y tierra para dar con su paradero en el sur de Francia, y todo para entregarle un testamento en el que se certificaba que no le tocaba nada, más allá de la legítima: una cantidad ridícula, teniendo en cuenta que, estando vivo, su padre había dejado cuanto poseía al hermano mayor.

Un día, hacía ya más de una década, un periodista de Barcelona lo había visitado por sorpresa. Esa fue la segunda ocasión en que Gori supo de su hermano. Resulta que había alcanzado una importante posición en el mundo de los negocios y, con tan solo treinta y cinco años, lo habían nombrado director general de una innovadora empresa electrónica. El diario acababa de elegirlo como «empresario revelación del año» y el periodista estaba escribiendo un perfil completo. En el pueblo natal de ambos el abogado de la familia le había hablado de Gori, «el hermano distante», y había ido a verlo porque le interesaba buscar las aristas del personaje. En el mundo de los negocios no hay ningún triunfador que no haya dejado enemigos por el camino, se decía. Gori lo recibió con cordialidad pero le aseguró que no tenía nada que decir. Tampoco se dejó fotografiar. Ante la insistencia del periodista, le contó que su hermano y él sencillamente se habían distanciado de jóvenes. No le guardaba rencor ni nada parecido. Tampoco un afecto personal. Con el tiempo, la relación sanguínea que los unía había pasado a ser simplemente el resultado de un azar.

El periodista se marchó decepcionado, pero al final esas cuatro declaraciones sirvieron como contrapunto crítico a un artículo exageradamente laudatorio. Gori lo había leído en el bar, un sábado por la mañana, y había sacado dos conclusiones: la primera, que le gustaba el papel de oveja negra de la familia; la segunda, que su hermano había envejecido mucho peor que él. Pese al bronceado que lucía en las fotos, los años de quebraderos de cabeza y de hacerse el gallito le habían pasado factura.

Gracias al retrato periodístico, mucha gente descubrió que el gran D., el hombre del momento, tenía un hermano menor. Así fue con sus dos hijas, que nunca habían oído hablar del tío Gori. Una de ellas precisamente, la pequeña, protagonizó la tercera ocasión en que Gori tuvo noticias de su hermano. Hacía ya cinco años, a escondidas de su padre, la chica había aprovechado un viaje de vacaciones por el Rosellón para ir a conocer a ese tío esquivo. Así, una mañana de agosto, Gori había abierto la puerta y se había encontrado con una chica que se parecía mucho a su propia madre de joven. ¡Menuda impresión le había causado! La sobrina se apresuró a despotricar de su padre, un déspota, buscando lazos de unión con él. Desde que había oído hablar de Gori, se había convertido en un mito para ella, la imagen de libertad que convocaba cuando quería escapar del peso de la familia. Una vez, en plena discusión, su padre la había sermoneado porque ella había dicho: «¡Algún día me escaparé de casa, como hizo mi tío!»

Gori restó importancia a las palabras de su sobrina, pero por dentro se sentía encantado. Le horrorizaba que ese pasado perdido volviera a hacerse presente sin comerlo ni beberlo, pero al mismo tiempo se decía que mejor así, a través del gesto rebelde de esa muchacha. Cuando ya se despedían, Gori le prometió que se llamarían de vez en cuando, o que como mínimo le devolvería las llamadas. Luego, a la hora de la verdad, no lo hizo. Le habría parecido que se traicionaba a sí mismo.

El mismo día que Gori recibió la tercera carta, al atardecer alguien llamó a la puerta de su casa. Cuando fue a abrir, se encontró frente a su sobrina.

—Hola, tío —le saludó—, ¿puedo pasar?

Era ella la que había llevado la carta en mano y era ella la que ahora le pedía que ayudara a su padre. Se sentía como el único vínculo familiar entre ambos y, lamentándolo mucho, tenía que intentarlo. Su padre estaba cada vez peor, no era broma, y necesitaba realmente un riñón. Que no tuviera en cuenta su arrogancia. Gori la escuchó sin interrumpirla una sola vez. Se sentía aliviado. Aquello hacía ya demasiado tiempo que duraba. Si al principio era divertido, ahora se había vuelto un incordio. Cuando la chica enmudeció, Gori le ofreció al fin la respuesta que llevaba saboreando desde el principio.

—Dile a tu padre que lo siento, pero no puedo darle un riñón porque solo me queda uno —dijo—. A mí también me operaron hace un año y medio. Debe de ser genético.

PREMIO DE CONSOLACIÓN
(Cuento analógico)

Suelta la correa del perro y el animal echa a correr de aquí para allá, enloquecido, de árbol en árbol, desfogándose y revolcándose en el césped húmedo. Es casi medianoche y a esta hora refresca en el parque. La sensación de soledad se acentúa porque está prácticamente desierto y solo se oye el metódico zumbido de un aspersor lejano. De vez en cuando, al final de uno de los senderos que lo vertebran, se vislumbra la sombra de alguien que toma un atajo para volver a casa, la silueta de un fumador noctámbulo sentado a solas en un banco. Es un parque más bien discreto, sin verjas, y las calles que lo rodean están lo bastante alejadas y escondidas para no preocuparse por la seguridad del cachorro, un auténtico suicida de seis meses de vida.

No hace ni un mes que Ibon lo adoptó. Una tarde, al salir del trabajo, sin estar del todo convencido, fue a la perrera municipal. Pasó revista a las jaulas, oyó todos aquellos lamentos y aullidos lastimeros y luego vio cómo lo miraban los ojos tristes de un perrito faldero con el pelo de varias tonalidades tostadas (quizá por eso le había puesto Whisky). Se sintió reflejado en él al instante: la misma expresión lastimera, de quien vaga a la deriva, que desde hacía una temporada se le estaba petrificando en el rostro, como si esa vida sedentaria que llevaba con toda naturalidad, sin complicaciones pero también sin demasiadas alegrías, quisiera darle un toque de atención.

Ibon escoge un banco del parque y se sienta, atento al cachorro atolondrado. De vez en cuando lo llama y Whisky se le acerca unos segundos, obediente, pero no tarda en olisquear algún rastro y volverle la espalda otra vez, y esta escena ya no tendría nada destacable si no fuera porque entonces aparece otro perro, un pastor alemán de aspecto viejo y cansado, lento, y su amo, que lo sigue con el mismo aire desganado. Tal vez sea cierto que con el tiempo los dueños y los perros acaban pareciéndose. El desconocido (dentro de un momento sabrá que se llama Emili) se detiene bajo la débil luz de una farola y enciende un cigarrillo. Anda despacio, y cuando pasa por delante de Ibon, acaso impulsado por el carácter involuntariamente furtivo del encuentro, vuelve a detenerse y lo saluda. Con un gesto automático, Ibon se saca los auriculares de las orejas, para el walkman (poniendo fin al sordo crepitar que salía de ellos) y le devuelve el saludo. Emili se sienta en el banco. Sin que resulte forzado, intercambian cuatro tópicos sobre los perros y a continuación se presentan. Ibon, Emili, y una serie de preguntas y respuestas, cada vez más personales, llenan diez minutos de conversación. Ambos viven en el barrio, compran en el mismo supermercado (pero nunca han coincidido, que ellos recuerden) y leen el mismo diario (pero lo compran en quioscos distintos, equidistantes del parque). Entonces Emili dice:

—Y te gusta el fútbol. —Es más una afirmación que una pregunta.

—No, no especialmente —contesta Ibon—. ¿Por qué lo dices?

—La radio. He supuesto que estabas escuchando uno de esos programas deportivos con locutores gritones y polémicos y todo eso. Últimamente tienen mucho éxito.

—Ah, no, qué va, yo siempre escucho música. Es un walkman. —Se lo enseña—. Me gusta sacar al perro y escuchar canciones que ya conozco desde hace tiempo. A veces grabo cintas para una situación en concreto, como esta, que es para venir a pasear al parque a medianoche. —Hace una pausa y se pregunta si debería decir lo que quiere decir, y la ausencia de ataduras lo empuja a hablar—: A veces... A veces, cuando estoy solo en el parque, pongo una canción y me imagino que hago el videoclip. Será que llevo un actor dentro, mira por dónde, porque me pasa a menudo esto de querer representar lo que escucho en las canciones.

Emili sonríe y trata de disimular su perplejidad, pero no dice nada. Se hace el silencio, y ambos buscan a sus perros con la mirada. Están cerca. Boris, el pastor alemán, está inmóvil sobre el césped, indiferente al vaivén de Whisky, que se le acerca y lo provoca con ganas de jugar.

—Yo soy muy convencional para esto de la música. Tal vez demasiado, lo reconozco —dice al fin Emili—. Me gustan los éxitos de la temporada, los típicos que suenan todo el día en la radio. Después pasa un tiempo y me olvido de ellos. ¿Qué estabas escuchando?

—Ah, lo que te decía, no es nada actual. No creo que los conozcas. Yo es que me quedé en los años ochenta. Estos de ahora eran unos ingleses que se llamaban Orange Juice —revela Ibon. Al oír ese nombre, Emili arquea las cejas—. Hace años que me sé sus canciones de memoria y nunca me he cansado de ellos. Esta, la que estaba escuchando ahora mismo, es una maravilla. Se llama «A Place in My Heart» y me hace sentirme optimista.

—Pues ¿sabes qué?, a los Orange Juice sí los conozco

—dice, divertido—. Es una gran casualidad, pero hace seis o siete años tuve una novia a la que también le gustaban mucho, y estaba colgada precisamente de esa canción. Como no sabía inglés, me pedía que le tradujera la letra. «Siempre habrá un lugar para ti en mi corazón...» —recuerda, sin dejar traslucir el menor atisbo de nostalgia—. La verdad es que a mí los Orange Juice no me decían gran cosa, me sonaban siempre igual, pero le seguía el rollo porque estaba colgado de ella y todo lo que decía iba a misa. Ella, en cambio, en esa época sí que estaba obsesionada con ellos... Quién sabe, tal vez por eso lo dejamos al final, porque teníamos gustos muy distintos.

Ibon siente un escalofrío por dentro que primero resulta molesto y enseguida se vuelve agradable. La coincidencia, tan luminosa a sus ojos, le parece el reconocimiento de una complicidad sesgada, por persona interpuesta. Se siente raro, como si la escena hubiese sido prevista en el pasado por alguien, incluso escrita, y ahora solo hubiese que representarla. Por eso no le da vergüenza preguntarle a Emili cómo se llamaba la chica que estaba enamorada de los Orange Juice. Él sonríe con malicia y también dice lo que se espera.

—Se llamaba Anna, Anna Fuguet, pero hace años que le perdí la pista. —Calla un instante, como si quisiera evocar su rostro, los recuerdos buenos y malos que de pronto se despiertan, y luego dice—: Qué rara es la vida, ¿verdad? Seguramente tendrías que haberla conocido tú y no yo.

Se ha hecho tarde. Allí sentados han cogido frío. Se levantan y llaman a los perros, los atan con las correas y luego se despiden con la seguridad de que volverán a encontrarse en el parque.

Cuando regresa a casa con Whisky, Ibon rebobina la cinta tres veces para poner la canción de los Orange Juice y las tres veces la escucha como si fuera nueva. Ahora, bajo el influjo latente de esa Anna desconocida, se le pone la piel de gallina más de una vez, como recuerda que le había sucedido las primeras veces que lo habían fascinado esas trompetas satinadas, las cenefas de la guitarra de James Kirk, la voz gozosa y burlona de Edwyn Collins, y se imagina a la tal Anna (todavía sin rostro), hace diez o doce años, también desdibujada, levitando mientras escuchaba por primera vez la canción y luego se la repetía mentalmente, una y otra vez, como un mantra benéfico.

Media hora más tarde, ya en casa, Ibon se va a dormir y cuando ya está en la cama, a oscuras, se pone la canción de nuevo. Tiene la esperanza de que se le infiltre como un narcótico en el subconsciente y se convierta en la banda sonora de sus sueños, una película fabulosa, pero lo cierto es que se duerme enseguida y no sueña con Anna.

Al día siguiente, la alarma del despertador lo instala en el frenesí disléxico de la rutina, y después de levantarse empieza a ejecutar sin pensarlo el ritual de todas las mañanas, como un autómata. Cuando estira las mantas hacia arriba para tener la sensación de que la cama ya está hecha, encuentra el walkman escondido entre los pliegues de una depresión formada por la almohada y la sábana, pero no se pregunta cómo ha ido a parar allí. Tampoco busca ningún rastro preciso de la conversación de la víspera con Emili, ni la visión de Whisky, arrellanado en su rincón, lo lleva a revivir el desasosiego que lo asaltó antes de quedarse dormido. Sin embargo, cuando se afeita, sí tiene lugar un hecho especial y digno de recordar. Ibon esparce la espuma de afeitar por la barba y las mejillas, y a continuación, sin mirarse en el espejo, se pasa la maquinilla por los caminos habituales.

71

Cuando le parece necesario, la enjuaga bajo el agua del grifo y trilla un nuevo camino en la espuma. Entonces se centra en el bigote, pero calcula mal y se corta un poco por encima del labio, un corte limpio de bisturí, indoloro. Se acerca al espejo y ve que le sale un poco de sangre. Presiona la herida con dos dedos, haciendo pinza, y ve bajar la sangre por la comisura de los labios, deslizándose hacia el mentón. La lame para detenerla (nota el sabor plástico de la espuma), pero tres gotas de sangre, densas y plenas, se escapan y caen sobre el mármol blanco del lavamanos. Entonces la sangre se diluye a medias en las gotas de agua que han quedado retenidas en el mármol, los líquidos se mezclan y componen por azar los rasgos de un rostro dotado de color natural, carnoso, rojo sobre blanco. Ibon se queda absorto en la contemplación de esa imagen, se abisma en ella, y le parece descubrir en el dibujo las facciones nítidas y preciosas de Anna Fuguet.

Por la noche, después de cenar en casa frente al televisor, Ibon se nota más impaciente incluso que Whisky por salir a pasear al parque. Lo atrae la perspectiva de un nuevo encuentro con Emili. A lo largo del día, el rostro apenas esbozado de Anna lo ha acompañado en todo momento, como un emblema de su nuevo anhelo, y ha ido adoptando una peligrosa presencia mítica, inalcanzable, que Ibon quiere destruir lo antes posible. Se muere por conseguir algún detalle que la sitúe en el mundo, en esa misma ciudad, algo que la cosifique y la haga carnal, sexual, y esa información solo se la puede proporcionar Emili. Sale hacia el parque más temprano de lo habitual y empieza a pasear, sin quitarle la correa al perro y preguntándose si no habría sido mejor ir directamente a sentarse en el mismo banco de la víspera. Por una extraña superstición no lleva el walkman y, sin música en los oídos, le parece que el tiempo pasa más despacio y que el silencio del parque se hace denso, casi irritante. Intenta distraerse observando el juego quieto de los árboles y las flores dormidas, las papeleras, los letreros de las tiendas al otro lado de la calle, los bloques de pisos con las ventanas iluminadas entre el follaje, hasta que oye una voz que lo llama. Es Emili. Se saludan y repiten los tópicos de los perros, con alguna variante, pero Emili se apresura a apaciguar la inquietud de Ibon (se le nota en la cara).

—Quieres saber más cosas de Anna, ¿verdad? Ayer te dejé intrigado.

Ibon asiente. Se emociona solo con oír que alguien pronuncia su nombre, porque eso la hace más viva, más presente.

—Lo dejamos hará seis o siete años, ya te lo dije —empieza Emili—, y la última vez que renové la libreta de teléfonos ya no apunté su número. Pero recuerdo algunas cosas: recuerdo dónde y en qué trabajaba entonces (una inmobiliaria), recuerdo que quería cambiar de piso (una inmobiliaria, las ofertas para los empleados) y que le gustaban las películas mudas de risa (le regalé un póster con esa imagen de Harold Lloyd colgado de un reloj). Y recuerdo cómo era ella, claro, pero eso me resultaría más difícil contarlo porque son sobre todo sensaciones. Solo puedo decir que han pasado muchos años y que lo nuestro no acabó bien, pero ahora que me has hecho pensar en ella, me doy cuenta de que su recuerdo se ha vuelto más cálido y entrañable. Hay gente que tiene esa virtud, ¿verdad? Saben vivir sin hacer aspavientos por nada.

Le faltan más detalles, le falta todo, pero en vez de sentirse decepcionado Ibon se aferra a lo que tiene con la fuerza y el instinto de un bebé. Escucha las evocaciones de Emili, precisas pero al fin y al cabo volátiles, y las memoriza con avidez. Lo acribilla a preguntas que él contesta, juguetón, por el puro placer de revivir a la Anna de entonces como quien recuerda unas vacaciones especialmente alocadas de la adolescencia. No, no hay fotos de Anna, incomprensiblemente. Sí, ha vuelto a verla alguna que otra vez, de lejos, y curiosamente por el barrio; cree recordar que sus padres vivían cerca de allí. Sí, podría decirse que entonces, cuando él la conoció (duró poco más de un año, no te vayas a creer), era atractiva, ligeramente melancólica (a veces lloraba porque sí) y con un brillo especial en los ojos, que eran de un color verde azulado, dos lagunas salvajes en las que querrías ahogarte, créeme. Y sí, desde luego le gustaban mucho los Orange Juice, sí, con locura, no solo una canción sino todas; los veneraba casi con esnobismo, con el orgullo de formar parte de un club selecto.

Estas últimas palabras pronunciadas por Emili avivan aún más la fiebre de Ibon por Anna, menos neblinosa con cada segundo que pasa, y de pronto tiene la certeza de que no podrá vivir ni un día más sin conocerla. Tiene que encontrarla enseguida y convertirse en su centro de gravedad. Con el corazón desbocado, sin poder controlarse, llama al perro y se despide de Emili, que observa con una pizca de envidia ese deseo insensato que él ha encendido. Ibon quiere volver a casa cuanto antes y poner de nuevo a los Orange Juice para buscar algún indicio en su música, quiere imaginar las emociones, las inquietudes y las vivencias que ella (oh, ella, divina desconocida, amor de lejos) debía de asociar con cada canción, y finalmente quiere que Anna se le aparezca, formándose como un holograma cada vez más perfecto, como una princesa Leia, y que no vuelva a apartarse de su lado jamás.

Cuando se despiden, Emili experimenta un súbito acceso de miedo, aunque tal vez no sea exactamente miedo, sino más bien desazón, y siente la necesidad de llamarlo. Ibon se da la vuelta.

–Ibon, que ya me dirás algo, si la encuentras. –Ibon suelta una carcajada nerviosa–. Recuerda que hace muchos años que no la he visto: todo puede haber cambiado.

–No, no lo creo, yo diría que no –grita Ibon exaltado, y luego se deja arrastrar por la prisa inconsciente de Whisky, que no para de tirar de la correa.

Las horas que vienen después, por la noche, suponen para Ibon una mortificación deseada, o un bálsamo irritante, lo mismo da, pero lo que desencadenan finalmente es digno de ser narrado. La mayor parte de las personas llevan una existencia previsible, calcárea, y solo el azar les ofrece de vez en cuando la oportunidad de cambiar y renovarla. A menudo no es más que un espejismo temporal y pronto todo vuelve a ser como antes, cotidiano, pero la intriga es tan seductora que vale la pena dejarse tentar, seguirle el rastro aunque no lleve a ninguna parte. Así pues, debe saberse que hasta que empieza a amanecer casi todas las canciones de los Orange Juice suenan una tras otra en el walkman de Ibon. Mientras las escucha y las canta para sus adentros, emocionado, vuelve a pensar en las palabras de Emili sobre Anna, y en su mente la música y las imágenes se convierten en una amalgama inseparable, el resultado convincente de un imposible ejercicio de arqueología del futuro.

Recuerda que Emili se ha encontrado con Anna por el barrio alguna que otra vez, y se percata entonces de que podría haberla visto sin saberlo, de que podrían haber coincidido uno al lado del otro tomando un café en el bar, o comprando el pan, dos extraños que la casualidad no quiere unir, todavía no, y al instante lo invade una especie de nostalgia por ese instante derrochado. Después una canción triste de los Orange Juice lo asusta: la letra le deja entrever que Anna también puede estar muerta, por qué no, no hay nada que lo contradiga. Tal vez murió hace meses, quién sabe, en un accidente de tráfico, o quizá ha muerto esta misma tarde (mientras él volvía del trabajo en metro, observando inútilmente a las mujeres que lo rodeaban en el vagón), tal vez se esté muriendo ahora mismo, enferma, mientras él piensa todo esto. Por unos segundos lo invade una tristeza insondable y está a punto de abandonarse a ella, irremediablemente abatido, pero entonces se hace el silencio, empieza otra canción y lo salva. Es «Consolation Prize» y, como dice la letra, él también estaría dispuesto a ser un premio de consolación para Anna. A continuación la imagina con una gran nitidez, como a cámara lenta; oye su risa alegre y vital mientras escucha «I Guess I'm Just a Little Too Sensitive». Está en casa de alguien y tiene una cerveza en la mano, sentada en un sillón y con gente alrededor, fuma y bebe y habla con los amigos, pero también la ve seguir el ritmo con la cabeza, lentamente, y poco a poco se le congela la mirada, fija en algún punto inconcreto, algún punto del futuro donde él la espera. A su alrededor el mundo desaparece y solo queda ella.

En medio de este delirio, Ibon se duerme en el sofá de puro cansancio, y se despierta al cabo de tres o cuatro horas con el cuerpo destemplado. Ya es de día, y se levanta para ir al baño. Se moja la cara y el pelo y, a continuación, todavía medio adormilado, llama a la oficina y le dice a la recepcionista que hoy no se siente bien y no irá a trabajar, y que mañana ya verá, depende. Después de colgar vuelve al cuarto de baño y acerca mucho el rostro al espejo: necesita encontrarse de nuevo con el retrato líquido de Anna, perfilado en el mármol del lavamanos. Con un dedo se acaricia la pequeña cicatriz de la víspera, sobre el bigote y muy cerca del labio, y haciendo pinza se esfuerza por volver a abrirla. No le cuesta hacerlo, pero la herida ya está sanando y no sale ni una gota de sangre. Aun así, en la carne purpúrea y blanda que se separa poco a poco cree vislumbrar el sexo sedoso y carnal de Anna abriéndose solo para él, y tiene que masturbarse.

Mientras desayuna, inapetente, hojea un diario del domingo anterior buscando los anuncios de inmobiliarias. Recuerda el nombre de la agencia que le mencionó Emili y quiere creer que Anna seguirá trabajando allí pese a los años transcurridos. Pasa las páginas deprisa, sin fijarse casi en nada, y se da cuenta de que esos titulares que lee con el rabillo del ojo se le antojan remotos, prescritos, como si en vez de haber sobrevivido tres días mal contados, se le hubiese escapado ya media vida sin ella a su lado. Por eso empieza a rasgar el diario, estruja las páginas y las va tirando al suelo hechas gurruños, para que Whisky juegue con ellas. Cuando encuentra los anuncios de pisos, se apresura a examinar las columnas de letra minúscula, las frases reiteradas e ilusorias de la literatura inmobiliaria. Las recorre obsesivamente, la cabeza le da vueltas, pero no le cuesta encontrar el anagrama de la agencia, ni tampoco un piso en venta que quede lo bastante cerca de su casa y que tenga un precio razonable para sus ilusiones. No pierdo nada, se dice. Con el corazón encogido, marca los números que salen y pide información sobre el piso. La telefonista le dice que espere un segundo, que lo pasará con una comercial, y enseguida lo atiende una chica (no tiene voz de Anna) que le canta las bondades de ese piso soleado, alto, con buenas vistas, una bombonera, vamos. Él asiente todo el rato, nervioso, ajá, ajá, y tal vez de un modo precipitado pregunta si se lo pueden enseñar, tiene muchas ganas de verlo porque los cuatro detalles que le ha comentado le dan buenas vibraciones (lo expresa tal cual: buenas vibraciones, como para darse ánimos). Sí, por supuesto, faltaría más, podrían quedar mañana por la mañana. ¿Y no puede ser hoy, a última hora de la tarde? No le viene demasiado bien quedar al día siguiente. Ibon tiembla de impaciencia, se comería todas las uñas si no tuviera las manos y la boca ocupadas. La chica duda un momento, tres o cuatro segundos, se oye de fondo cómo pasa las hojas de una agenda, y luego le dice que de acuerdo, que a las seis podría quedar, sería la última visita del día, y le pide que apunte la dirección exacta del piso. Al oír esto Ibon le da las gracias, aliviado, y coge el auricular con fuerza. Ahora solo queda resolver una cuestión, la más importante, de modo que se oye decir, con cierta perplejidad:

—Perdona, una última cosa —empieza, dispuesto a mentir—. Hace seis o siete años, cuando alquilé el piso en el que ahora vivo a través de vuestra agencia, me atendió una chica con la que me entendí muy bien. Me parece que se llamaba Anna... ¿Anna Fuguet?

—No hay problema, soy yo —dice Anna, con una voz que no se parece a la que él había imaginado. Después de soltar una carcajada que tanto puede ser juguetona como incrédula, confirma que se verán esa tarde a las seis y cuelga.

Ibon, en cambio, tarda sus buenos cuatro minutos en colgar el auricular. Quieto, en un silencio entrecortado por los bips que salen del teléfono, escucha una y otra vez en su mente, resonando con armonía, las palabras de Anna, esa risa que él sabe que era de complicidad y venía de muy lejos. Sí, era su voz, cómo ha osado dudarlo, y era preciosa, musical, amistosa, afable. El retrato se va positivando, los sentidos se afinan y le cuesta creer que al cabo de unas horas podrá conocerla y hablar con ella. Ahora el narrador querría acortar el sofoco vital de Ibon; las manecillas del reloj remolonean todo el día, sembrando la tarde de dudas. ¿Qué me pongo? ¿Me llevo una novela, para leer si ella se retrasa? ¿Le hablo enseguida de los Orange Juice? ¿Hace falta que mencione a Emili? (¡Seguro que no!) Todo esto es superfluo, sin embargo, porque el destino ha conducido bien las horas y el encuentro está sellado. Vamos allá.

Son casi las seis e Ibon llega más que puntual a la dirección señalada. A lo largo del día, desde que ha colgado el teléfono, ha planeado con la minuciosidad (y la histeria) de un director escénico cómo será el primer instante de su vida con Anna, las miradas y los gestos, los ángulos desde los que las cámaras filmarían esa escena imaginaria, pero lo cierto es que la chica se salta el guión e improvisa. Ibon mira a uno y otro lado de la acera, se fija en los rostros de los transeúntes a la espera de ver a una chica acercándose con paso decidido, y entonces oye cómo se abre la puerta del edificio a su espalda y una voz le dice hola.

—Tú debes de ser Ibon —saluda Anna.

Él se da la vuelta, sorprendido, alucinado, dice que sí y le estrecha la mano con timidez. La tiene delante, finalmente viva, completa, definida, y se miran a los ojos por primera vez. Superado el estupor inicial, él se relaja (ella lo agradece para sus adentros, la experiencia del comercial) y acto seguido, durante una intensa décima de segundo, la contempla entera, en todo su esplendor. Sí, en esencia es la misma cara que él ha intuido en su casa, esbozada en el mármol, pero con una pequeña diferencia: la Anna real lleva ahora el pelo recogido, probablemente una exigencia de su imagen de vendedora. Ibon deja que esa breve disonancia se disuelva en la agitación del presente y, resuelto, le pregunta cómo es que ya estaba en el piso. Ha subido antes para abrir las ventanas, contesta ella; la casa lleva unos meses deshabitada y huele un poco a cerrado, ya lo verá. Luego lo invita a subir, no sabe si se lo ha dicho por teléfono pero es un sexto piso, muy soleado.

El ascensor es como una cámara de descompresión para Ibon; encerrado allí con Anna, juntos los dos en un metro cuadrado, comprende enseguida que no puede precipitarse y que debe interpretar su papel, seguirle el juego, y luego ya se verá. Le pregunta por los vecinos, por los años que tiene el edificio, si hay algún perro en la escalera (él tiene uno que se llama Whisky, un cachorro de seis meses que es un amor). Ya en el piso, empieza la ceremonia de pasearse por las habitaciones vacías. Anna, muy profesional, le enseña primero dónde está cada habitación, destacando sus cualidades: el comedor espacioso y la cocina práctica, los dormitorios, dos, muy tranquilos, y el cuarto de baño que tiene de todo. Salen un momento a la terracita, donde sobreviven dos tiestos con tierra reseca, y ambos emplean las mismas palabras para elogiar las vistas de la ciudad, con el verde de los árboles y el parque tan cerca, a cuatro o cinco calles. Esta vista vale un imperio. Después Anna lo deja solo para que le eche un vistazo, para que se lo piense bien. Mientras, ella se sienta en la única silla que hay en el comedor, un trasto cojo que alguien separó de sus parientes, y consulta la agenda para organizar las visitas del día siguiente.

Pese a la emoción del momento, Ibon se ha dado cuenta enseguida de que el piso no es nada del otro mundo, pero disimula y finge que le gusta solo para alargar ese rato con ella. Así pues, vuelve a entrar en cada una de las habitaciones vacías y oye sus propios pasos resonando en el silencio del atardecer. Una melancolía inconcreta se esparce por las estancias, por las paredes que conservan las marcas de polvo de muebles, espejos y cuadros. No le parece, sin embargo, una melancolía triste. Tal vez por eso empieza a tararear «A Place in My Heart», su canción fetiche de los Orange Juice, y no puede evitar llenar ese vacío con retazos de su vida futura. Sin el menor rubor, se imagina viviendo allí con Anna. Entra en la cocina y ve con toda claridad cómo desayunan los dos una mañana, antes de salir a trabajar: él tiene un poco de prisa y come una magdalena, y por jugar la moja en el café con leche de Anna, que finge enfadarse; él se echa a reír sin poder evitar que una lluvia de migas de magdalena le salga a presión por las fosas nasales, y se ríen los dos con más ganas todavía. En una de las habitaciones, su dormitorio, presencia los compases finales, enternecedores, de una escena de reconciliación entre Anna y él, sentados en la cama después de una discusión absurda, y de pronto se siente como un niño, un hijo que no acaba de entender qué ha pasado pero nota que es feliz porque sus padres vuelven a quererse. Entonces regresa al comedor y desde el pasillo ve a la Anna real, física, recortada en el contraluz del sol oblicuo del atardecer, y deja de tararear a los Orange Juice. Se le acerca un poco, con sigilo, y se apoya en el marco de la puerta sin llegar a entrar. Se diría que, también aquí, Ibon está protagonizando mentalmente un videoclip anticuado. La ve concentrada en sus papeles, radiante, con el pelo recogido y un gesto en los labios que se le antoja sensual, prometedor de muchas cosas, y ella no advierte su presencia. Hechizado por el misterio de ese cuadro, él cierra espontáneamente los ojos, como si pidiera un deseo, y fantasea con el espacio que tiene delante. Mira, somos nosotros dos y

81

tenemos frío. Nos hemos acurrucado en el sofá, muy juntos, y nos abrazamos. Vemos una película muda en la tele y nos hace mucha gracia, nos desternillamos cada vez más. De vez en cuando tú me susurras algo al oído, me haces cosquillas, y yo te acaricio con ternura. Querría que sintieras cómo late mi corazón por ti, es un metrónomo que tú has puesto en marcha...

–Qué te parece, Ibon, ¿te gusta el piso?

Las palabras de Anna lo sacan de su ensimismamiento y lo traen de vuelta a la realidad. Abre los ojos. Todavía azorado, balbucea que sí, por supuesto, y seguro que una vez pintado y con muebles gana mucho. Anna lo confirma, está segura de que sí, con decirle que ella misma, esos últimos días, ha pensado más de una vez que le gustaría comprarlo, es ideal para una persona independiente y que viva sola como ella. Sola o en pareja y con un perro, vamos, y se ríe. Ibon se estremece por dentro de satisfacción y también se ríe. Se da cuenta de que hacía tiempo que no se reía así, de verdad. Mientras Anna vuelve a cerrar las ventanas hablan del precio, es caro pero negociable, y él dice que se lo quiere pensar un poco, consultarlo con el banco por la hipoteca y todo eso. Ella le dice que por supuesto, faltaría más, y que si quiere ya volverán a hablar. «Ya hablaremos», dice, y «llámame cuando quieras, te veo muy decidido», dice, y estas palabras, que contienen la esencia de su vida futura y suenan casi como una proposición, casi, despiertan en Ibon un fulminante período de confianza. Por eso, cuando bajan en el ascensor (una segunda fase de la descompresión), se lanza sin temor a la piscina y le pregunta si tiene tiempo para tomar un café, nada, cinco minutos, quiere saber cuatro detalles más del piso. Ella no se lo piensa dos veces y acepta, se diría incluso que con cierto entusiasmo.

Los cinco minutos se multiplican hasta convertirse en una hora larga. Buscan un bar cerca del piso y entran. Ibon señala la barra, pero Anna dice que prefiere sentarse a una mesa, está cansada de andar todo el día con tacones. Piden un par de cervezas y entonces ella, para relajarse, se suelta el pelo. Con el mismo gesto que hacen las actrices en las películas de época, cuando se peinan antes de irse a dormir, Anna hace ondear la melena un poco rizada, como para sacudirse la fatiga, y luego lanza una mirada calculadísima a Ibon, breve y penetrante como un latigazo. Él descubre al fin sus ojos verdes, profundos y un poco turbios, e intenta sostenerle la mirada, pero no tarda en desistir. Se siente aturdido y para disimular le da un trago a la cerveza, gesto que Anna copia. Empiezan a hablar del piso y tanto él como ella repiten lo que ya han dicho arriba. Anna se da cuenta y desvía la conversación hacia un territorio más personal, e Ibon empieza a buscar la ocasión propicia para colar alguna referencia a los Orange Juice. Poco a poco van abriéndose resquicios, cada vez más cómplices, y numerosos detalles de sus vidas pasadas, tan inocuos como reveladores, salen a la luz, como señuelos lanzados para la atracción mutua.

Las cosas van bien, sí, e Ibon hasta tiene la impresión de que tal vez no haga falta sacar a colación a los Orange Juice, hoy todavía no, pero entonces los derroteros de la conversación se lo ponen en bandeja. Hablaban de la amistad, de hacerse mayores, y Anna le está contando que tiene unas amigas de la época del instituto con las que todavía queda de tarde en tarde, un par de veces al año; sus vidas son casi opuestas, con el tiempo se han ido distanciando muchísimo, pero hay algo, no sabría decir qué exactamente, que tiene que ver con el pasado en común y las mantiene unidas en la distancia.

—A mí me pasa lo mismo con un par de amigos —miente Ibon—, la diferencia es que nosotros sí que sabemos qué nos une.

—¿Y qué es? —pregunta Anna, curiosa.

—La música. Tenemos los mismos gustos y fuimos a muchos conciertos juntos. El grupo que más nos gustaba, diría yo, se llamaba Orange Juice. —Ibon pronuncia al fin esas dos palabras, con seguridad, convencido de que ha llegado la hora de revelar todas las cartas—. De vez en cuando todavía quedamos en casa de alguno, y nos marcamos unas sesiones de música retro que, solo de pensarlo, me hacen sentir vergüenza ajena. Bebemos y bailamos y podemos llegar a ser muy patéticos... —Deja la frase en el aire para ver cómo reacciona ella, para buscar alguna conexión generacional, y luego le pregunta—: ¿Conoces a los Orange Juice? ¿Te gustaban, por casualidad?

—Sí, pse... —contesta ella con inesperada indiferencia. Ibon coge el vaso vacío y juguetea con él inconscientemente, nervioso—. Hace años me gustaban mucho, con locura. Pero un día dejé de escucharlos.

—¿Por qué? —se atreve a preguntar él con un hilo de voz.

—Pues mira, no sabría decírtelo. Puede que me los hiciera aborrecer un novio, un pesado que no podía quitarme de encima. O puede que sencillamente me hiciera mayor. Los gustos cambian con los años. Algo en mi interior, que ahora no soy capaz de identificar, hizo que los olvidara. Quién sabe, si volviera a escucharlos seguro que me gustaría revivir aquella época, pero solo cinco minutos. No soy nada romántica para estas cosas. Últimamente prefiero los discos nuevos de Van Morrison, por ejemplo.

84

Anna sonríe, se encoge de hombros y bebe un trago de cerveza. Ibon no dice nada. Deja el vaso vacío sobre la mesa y piensa en las palabras de Anna. No acaba de decidir si debe sentirse hundido o no; ha llegado hasta el final, la tiene delante y se siente bien en su compañía. Se dice que eso es lo importante. Se dispone a levantar la vista y mirarla con auténtica sinceridad, lo hará enseguida. Mientras tanto ella, Anna, ha decidido que quiere saber más cosas de ese desconocido que ha entrado en su vida con paso seguro, una tarde cualquiera. Ese desconocido que es capaz de ponerle Whisky a un perro adoptado y entregarse sin vergüenza a sus pensamientos o sentimientos, quién sabe, con los ojos cerrados y apoyado en el marco de una puerta. Por eso, cuando él levanta la vista y la mira a los ojos (ahora mismo), ella le dice que tiene que irse, se ha hecho tarde, pero que si quiere pueden quedar mañana. En el mismo lugar y a la misma hora. Ibon sonríe, asiente y luego dice que de acuerdo.

Ya en la calle, se dan dos besos y parten en direcciones opuestas. Todavía no han dado ni cuatro pasos cuando Anna se da la vuelta y lo llama, como si esto fuese la escena final de un videoclip, o incluso de una película de las que acaban bien. Ibon también se vuelve, con tanta determinación que parece que lo estuviera esperando.

—Oye, ahora que lo pienso —dice Anna—, esa canción que estabas cantando en el piso, mientras te paseabas por las habitaciones... Eran los Orange Juice, ¿verdad?

—No lo sé —contesta Ibon—. La verdad es que ya no me acuerdo.

LA MADRE DE MI MEJOR AMIGO

En los rincones, medio disimuladas, están las mismas plantas artificiales con las hojas hechas de tela, en tonos verdosos, y esa tierra seca. Seguro que si ahora me acercara y les pasara un dedo las encontraría llenas de polvo, apergaminadas por el humo antiguo, pero el foco verde que las ilumina desde abajo las hace relucir con un estallido de clorofila que resulta muy auténtico. La moqueta no, la moqueta la cambiarían hace unos años, en uno de esos intentos esperanzados de renovar el local y la clientela, y ahora vuelve a estar gastada, llena de manchas y quemaduras de cigarrillo. Hace un rato, al entrar, el tufo a ambientador a granel me ha dejado medio alelado, pero ya me estoy recuperando y hasta me da seguridad, como si después de tantos años volviera a narcotizarme los sentidos. No me cuesta reconocer los olores, los ángulos estratégicos, las zonas oscuras en las que perderse acompañado. Desde mi puesto en la barra, me doy la vuelta y paseo una mirada confiada por todo el local, lo escaneo despacio, barriéndolo, buscando los puntos de calor (ella). A lo largo de estos años, más de veinte –calculo–, los camareros han cambiado, la música ha cambiado –pero no mucho– y yo también: me he casado, tengo una hija, ya no fumo.

Pese al tiempo transcurrido, ahora mismo podría cerrar los ojos y moverme por la sala sin tropezar con nada. Sé que instintivamente empezaría a caminar despacio hacia la pista, con un vaso de tubo en la mano, siguiendo el ritmo de la música (digamos que era un poco chulito), y que a medio camino me pararía a encender un cigarrillo y etcétera, pero no, no he venido a recordar esos años falsamente vertiginosos. Estoy aquí, en el Peculiar, el viejo pub cerca del paseo de la Bonanova, este domingo a las seis de la tarde, para reencontrarme con ella, la señora Elsa, su piel dorada de esquiadora, tan tersa, sus ojos azules de nórdica y esa cabellera rubia y lisa (más tarde, como estaba de moda, se hizo la permanente). Y mientras la busco –porque sé que estará allí, lo sé–, rezo esperando que no hayamos cambiado mucho en estas dos décadas, ni ella ni yo, y que le baste con una sonrisa para arrastrarme consigo como hizo entonces, esa única vez y en otro lugar más privado.

Su sonrisa, que era maliciosa (decidí entonces), llenó mi reserva erótica durante meses y meses, sin agotarse nunca, al contrario: era una imagen lúbrica que se me quedó tatuada en el cerebro e incluso siguió creciendo allí dentro, regenerándose como si mi devoción también la excitara a ella. Cuando la necesitaba para colorear mis fantasías de adolescente salido, la señora Elsa siempre estaba allí, delicada y servicial, sin protestar jamás, a punto para recibirme y plegarse a mis deseos. ¿Que me gustaría que me cogiera de la mano y me guiara hasta su habitación y se fuera desvistiendo por el camino hasta llegar a la cama? No hay problema, en mi cabeza lo hacía, llenando cada movimiento de voluptuosidad. ¿Que ahora querría que se acariciara un pezón y me mirara con los ojos húmedos de deseo? ¡Por supuesto, con mucho gusto!

Solo las noches en el pub, precisamente, lograron al cabo de un tiempo desdibujar esa señora Elsa privada, la madre de mi mejor amigo. Y sin embargo, cuando salía del Peculiar con alguna chica y cogíamos el coche y subíamos hacia la carretera de la Arrabassada y aparcábamos en algún rincón solitario y nos metíamos mano y finalmente conseguía que folláramos (porque alguna que otra vez lo conseguía), la voz de la señora Elsa resonaba en mi interior, sinuosa y aterciopelada, y me recordaba automáticamente que de acuerdo, que adelante, pero que ella seguía siendo la primera de la lista, la número uno, el entusiasmo fundacional. Por eso, y porque mi mujer es demasiado real para figurar en ninguna lista (un día estuvo, claro está, y en buena posición), este domingo por la tarde he salido de casa con la banal excusa de ir a ver un partido de fútbol con los amigos en algún bar ruidoso, y cuando fuera todavía no había oscurecido del todo he entrado en este pub pensando que tenía tres horas, más o menos, para encontrar a la señora Elsa y volver a llenar el depósito de las fantasías, porque últimamente voy necesitado.

Así pues, desde la barra, repaso los grupos que se reparten por el local. Ahora hay más puntos de luz que años atrás, pero es una luz postiza que presta a los clientes un aire como de figuras de cera. La música también ayuda: suenan canciones de Billy Joel, Eagles, Dire Straits. Bien mirado, sigo siendo el más joven de todos. Jubilados prostáticos, con un pañuelo de seda al cuello, se acercan a la barra para pedir cócteles de colores. Separadas de pelo requemado se pasean por el pub con gran desenvoltura, como si estuvieran en el comedor de casa, o se sientan en las sillas de bambú exhalando un perfume medio caro que el ambientador echará a perder. Hay mujeres que me miran como a un intruso, porque les molesta que rebaje la media de edad, pero otras –lo noto–, como ya están acostumbradas, calibran instintivamente las posibilidades reales y no me quitan los ojos de encima. De vez en cuando, en medio de un grupo resuena una risa clara y rotunda, de las que prenden fuego, o veo unos dedos delgados que acarician de forma mecánica las perlas de un collar, y enseguida me parece que pertenecen a la señora Elsa. Como ahora: en una mesa en torno a la que se sientan cinco mujeres, de pronto una se levanta para enseñar a las demás un detalle del vestido que lleva, y es una mujer esbelta que sonríe y se pasa la mano por el vientre para alisarse la ropa y luego, mientras dice algo que no alcanzo a oír (pero que hace reír a las demás señoras), se sube un poco la falda, nada más que un palmo, y enseña unos muslos carnosos, de solárium y gimnasio, y sus gestos son tan armónicos y al mismo tiempo tan cargados de sensualidad que no me cabe duda de que he descubierto a la señora Elsa, la mía. Entonces ella, como si lo intuyera, levanta la vista y mira hacia donde estoy yo, y durante cuatro segundos –contad: uno, dos, tres, cuatro– nos sostenemos la mirada, hasta que yo cierro los ojos por pura estrategia.

No sé si me ha reconocido, ya lo veremos. Ahora, con los ojos cerrados, la música me resuena por dentro y se va haciendo más grave, un único sonido de los bajos que se repite cada vez más despacio hasta que se detiene del todo y me rodea la oscuridad de una habitación en un hotel desconocido, hace tan solo dos semanas, acompañado por mi mejor amigo, el hijo de la señora Elsa. Y tengo recuerdos.

Hace quince días fui a la reunión anual de exalumnos de mi curso. De entrada diré que esta clase de actos sentimentales me provocan hastío, más que otra cosa. Estudié en una escuela privada de curas, solo para chicos, y con los años los recuerdos de esa época –buenos y malos– se han vuelto marchitos y fútiles, una antigualla que no me ayuda en absoluto a entender por qué soy como soy hoy en día. Todos los años, cuando vuelvo a casa después de la reunión, me ronda por dentro una sensación cuartelera, de mili revivida, y le digo a Tònia, mi mujer, que no volveré a ir. Pero luego pasan los meses, y cuando llega la convocatoria a mediados de febrero, sin saber muy bien por qué, me apresuro a reservar el día en la agenda. Me consta que esta mezcla de pereza y excitación es general y, en realidad, la gente solo deserta por razones verdaderamente importantes: infartos, depresiones, cánceres, la cárcel...

La reunión, no me duele reconocerlo, transcurre siguiendo un guión más bien tradicional, quizá porque quien se encarga de organizarla es Rovirosa, el voluntarioso, el ecuánime, el amigo de todos que a menudo salía elegido delegado de clase y hoy es juez en Madrid. Por lo general quedamos un sábado, sin mujeres ni hijos. Nos encontramos a media mañana en las afueras de la ciudad para jugar un partido de fútbol y luego vamos a comer a un restaurante caro de la costa, en el Maresme. Comemos pescado y marisco, y los licores y puros alargan la sobremesa. Es entonces cuando salen a relucir las anécdotas de siempre, los reproches inofensivos, los motes divertidos, las bromas que de pequeños nos parecían geniales, y al revivirlas se mezclan con las novedades, que todos administramos con prudencia. Siempre hay alguien que sabe más cosas que los demás, y de pronto las noticias desagradables tienen una importancia desmesurada, como si siguiéramos viviendo en el microcosmos de la escuela. Cada año hay algún viejo profesor odioso que ha muerto en soledad, y no nos esforzamos lo más mínimo en disimular la alegría, como si así pudiéramos vengarnos en frío de todo ese miedo y de las collejas. Poco a poco, con las horas, todos nos vamos marchando, nos hacemos los ajetreados y nos reclama la vida de verdad, y no falla nunca: cuando llegamos a casa, todo ese teatro se ha desvanecido por completo.

91

Si ahora recuerdo la última reunión de exalumnos, sin embargo, es porque hace quince días las cosas sucedieron de un modo distinto. Como andaba metido en un juicio complejo, de corrupción política, este año Rovirosa no pudo encargarse de la convocatoria. Boix, que es empresario cárnico y se las da de más selecto, propuso un cambio de escenario: ¿por qué no subíamos todos a Cantonigròs? Estaba a solo hora y media de Barcelona, y él conocía un restaurante popular donde nos tratarían como a ministros. Ya fuera porque no queríamos complicarnos la vida o por simple rutina, lo cierto es que nadie protestó y el sábado en cuestión nos fuimos encontrando en Cantonigròs.

Enseguida nos dimos cuenta de que nuestros planes no se cumplirían según lo previsto. Hubo que suspender el partido de fútbol por el mal tiempo. La víspera había llovido mucho y, cuando llegamos al campo, que es de un equipo de aficionados, lo encontramos tan enfangado que la pelota no rodaba. Ensayamos cuatro pases en una de las porterías, cuatro jugadas torpes mientras un rebaño de vacas nos observaba desde un campo aledaño, pero no tardamos en darnos por vencidos. Entonces buscamos un bar en el pueblo para tomar el aperitivo hasta que llegara la hora de comer. Nos sentamos frente a un ventanal que daba a un paisaje de bosques y hondonadas, un panorama que recogía toda la inmensidad del cielo y del mundo (lo dijo Vila-Frau, uno que es aficionado a la poesía) y al cabo de un rato, como si contempláramos un diorama apocalíptico, fuimos testigos del espectáculo de la naturaleza: las nubes, furiosas como olas, se aquietaban de pronto, el cielo se preñaba de tormenta y en pocos minutos se volvía gris y luego de un blanco nuclear, amenazador. Diez minutos después vimos caer ante nuestros ojos un ejército de copos de nieve que recibimos con ilusión infantil, pero una hora más tarde, mientras íbamos hacia el restaurante y la nieve ya lo cubría todo, nos dedicábamos a alabar la estabilidad de nuestros cochazos y un instinto de supervivencia nos impulsaba a comprobar que los móviles tuvieran cobertura.

La comida espléndida, los puros y los licores nos alejaron de la realidad, y cuando salimos del restaurante, todas las carreteras de la comarca estaban cortadas por la nieve. Algunos no se resignaban e intentaron marcharse, pero volvían al cabo de diez minutos, con el rabo entre las piernas, confirmando que era imposible salir del pueblo. Llamamos a casa para decir que estábamos bien, pero que tendríamos que quedarnos a pasar la noche, y luego, como si nos fuéramos todos de ejercicios espirituales, nos acercamos a buscar habitación en el mejor hotel del pueblo.

Nada más instalarnos –dos en cada habitación– y con las familias tranquilizadas, buscamos el modo de pasar las horas. Algunos se quedaron adormilados en los sofás del salón, otros siguieron las noticias en la tele. Jugábamos a las cartas, leíamos el diario o nos burlábamos de Boix, con condescendencia, porque nos había puesto en ese brete. Alguien dijo: «¿A quién se le ocurre organizar un almuerzo en la Cataluña profunda?», a lo que otro añadió: «Parecemos una concentración de futbolistas.»

A mí me tocó compartir habitación con Ingmar, que durante muchos años, cuando todavía creíamos en semejantes ingenuidades, fue mi mejor amigo. Ingmar Miralles, el hijo de la señora Elsa, nació accidentalmente en Gotemburgo porque su padre ocupaba un cargo en el consulado español, pero vino a vivir a Barcelona con su familia siendo muy pequeño. En la escuela fuimos amigos desde el primer día, porque cuando pasaban lista íbamos uno detrás del otro. Hacíamos los trabajos juntos, íbamos a clases de tenis y nos contábamos las primeras pajas. Nuestros padres se conocían, salían a cenar juntos, y a veces, los fines de semana, él se quedaba a dormir en mi casa, o yo en la suya. La vida da muchas vueltas y ahora Ingmar vive en Estocolmo, ha aprovechado sus conocimientos del sueco como lengua materna y ya no nos vemos nunca. Este año hizo coincidir la reunión de exalumnos con unos días de vacaciones en Barcelona, y por eso pudo venir. Hace dos semanas, por tanto, actualizamos los datos de nuestras vidas. Nos enseñamos fotos de niños risueños y mujeres atractivas, criticamos a algunos excompañeros de curso que el tiempo había vuelto ridículos y planeamos juntos un viaje al sol de medianoche que probablemente no haremos nunca. También nos preguntamos por nuestros padres, y fue entonces cuando me enteré de que su madre, la señora Elsa, se había separado de su marido. No hacía mucho, solo unos meses. En realidad, el marido se había largado con una secretaria de treinta años y ahora se teñía el pelo, se ponía zapatillas deportivas blancas y había tenido que aprender a cambiarle los pañales a un bebé llorón, y todos los demás tópicos que puedan ustedes imaginarse. La señora Elsa, curiosamente, lo había superado bastante bien y era más feliz que nunca: la separación la había rejuvenecido, volvía a jugar al tenis, se había apuntado a un curso de *feng shui* y los domingos por la tarde salía con las amigas (y en este punto salió a colación el nombre del pub, el Peculiar). Si alguna vez la notaban un poco baja de moral, Ingmar y su mujer la animaban a rehacer su vida, a buscarse un novio, pero ella se reía por compromiso, con un poco de disgusto.

Como si nos atenazara el pudor, ni Ingmar ni yo recordamos nuestras aventuras adolescentes hasta que estuvimos arriba, en la habitación, a punto de dormir. Después de ver un rato la tele (zapeando fuimos a parar al canal porno y bromeamos sobre las actrices escandinavas), nos dimos las buenas noches y apagamos la luz. Pero la oscuridad debía de protegernos, y entonces empezamos a revivir los viejos tiempos del Peculiar, los sábados por la noche. Rescatamos de la memoria nombres y apodos, chicas con las que ambos nos habíamos revolcado en los sillones polvorientos, a veces con una semana de diferencia. Repasamos nuestra lista de los deseos con todo lujo de detalles y, entre risas, fuimos retrocediendo hasta la profesora de tenis, la que se parecía a Farrah Fawcett, y sus bragas blancas que nosotros imaginábamos sudadas: se le metían entre las nalgas y realzaban un culo de película. Tirábamos las pelotas a la red a propósito para que ella se agachara a recogerlas, y horas después evocábamos esa imagen para nuestros placeres particulares.

Lo pienso ahora: esa habitación de hotel de Cantonigròs reproducía la escenografía de nuestras confidencias adolescentes —las dos camas, la oscuridad— y por eso nos sentíamos como desplazados, como si no nos tocara estar allí. En nuestras risas quizá exageradas había un intento nervioso de sentirnos cómodos, de driblar la absurdidad de ese fin de semana, y estoy seguro de que reviviendo aquellas noches logramos encontrarnos en otro lugar, en otro tiempo. Quizá por eso, cuando dejé de hablar y cerré los ojos, en vez de dormirme, en la oscuridad de la oscuridad tomó relieve la figura de la señora Elsa, como en uno de esos dibujos del ojo mágico que estaban de moda por entonces, y me hizo viajar hasta un fin de semana de muchos años atrás, hasta la noche en que ella y yo sellamos en silencio nuestro pacto.

Teníamos quince años, pues. Franco se había muerto de viejo. En los cines empezaban a echar películas con actrices que se desnudaban a la menor excusa, pero eran para mayores de edad y a nosotros no nos dejaban entrar. Agata Lys,

Nadiuska, Susana Estrada: nos sabíamos sus nombres porque las veíamos medio desnudas en las revistas que hojeábamos en la barbería o en los quioscos. A veces Ingmar se quedaba a dormir en mi casa la noche del sábado al domingo. Con la luz apagada, hablando en voz baja para que no nos oyeran mis padres, nos excitábamos describiendo lo que más nos gustaba de las actrices y nos masturbábamos en la oscuridad. Decíamos: Nadiuska tiene ojos de guarra. Decíamos: Victoria Vera siempre está caliente, se le nota. No habíamos visto nunca unos pechos en directo (los de nuestras respectivas madres no contaban), y mucho menos un pubis. Nos entreteníamos con una idea revolucionaria: compraríamos unas gafas de rayos X por correo y, cuando fuéramos por la calle, veríamos la ropa interior de todas las chicas. Descubríamos que nuestros padres tenían revistas verdes escondidas y, cuando ellos no estaban, las cogíamos, calcábamos las fotos de las chicas desnudas con la máxima precisión posible y luego las intercambiábamos. Decíamos: yo quiero casarme con una ninfómana. No habíamos visto nunca la imagen de una mujer con el sexo afeitado, pero un día, en casa de Ingmar, encontrábamos una revista sueca en el despacho de su padre y descubríamos dos cosas que nos impresionaban más aún, por la osadía que suponían: una chica blanca sodomizada por un hombre negro y, en otra página, la densa blancura de una corrida que ella misma recibía en los pechos. Imaginábamos que nuestra profesora de tenis llevaba una doble vida y hacía películas S con otro monitor del club. En los pósters de los cines leíamos las sinopsis de aquellas películas: había muchas que disfrazaban el erotismo con una historia dramática, de señoras mayores que se enamoraban de un joven y fornido jardinero, o muchachas ingenuas llegadas del extranjero que veraneaban en la costa y se entregaban sumisas a los deseos de un hombre sin escrúpulos.

Tan irreales eran, hasta para nosotros, que nos hacían reír y nos desconcertaban. Decíamos: «el virgo» y «desvirgar», y la palabra «perversión» nos excitaba sin saber por qué.

Teníamos quince años, digo, y creíamos que ya lo sabíamos todo sobre el sexo, que éramos unos expertos teóricos a la espera del examen práctico. Entonces, un sábado por la noche en que me había quedado a dormir en casa de Ingmar, comprendí que no era exactamente así. Encerrados en su habitación, nos habíamos entretenido con nuestras fantasías habituales hasta que nos había entrado sueño. Llevaríamos una hora durmiendo, más o menos, cuando me desperté con la boca seca y me levanté para ir a beber un poco de agua. Deambulé por la casa, medio sonámbulo, hasta que encontré la cocina, abrí la nevera y en vez de agua bebí un trago de Coca-Cola, directamente de la botella porque nadie me veía. Por suerte la bebida fría debió de espabilarme –por suerte–, porque cuando volvía a la habitación, al pasar por delante de la puerta del salón, me di cuenta de que había una lámpara de pie encendida y la tele seguía puesta. No sabía qué hora era, estaba desorientado, y asomé la cabeza por la puerta esperando encontrar a la madre de Ingmar viendo la tele. Su marido estaba en el extranjero, en un viaje de negocios, y mi imaginación simplista la suponía triste y solitaria. Le desearía buenas noches, como el niño bien educado que era. Lo que vi, sin embargo, me dejó paralizado y mudo. En la tele se sucedían los monótonos parpadeos de la nieve catódica y ese reflejo nervioso iluminaba la figura de la señora Elsa, que se había quedado dormida en el sofá.

Estaba tumbada con la cabeza apoyada en un cojín, y enseguida vi que la falda se le había subido casi hasta la cintura, dejando a la vista unas piernas larguísimas. De puntillas, sin hacer ruido, me acerqué al otro extremo del sofá para observarla mejor. Si se despertaba de golpe, disimularía fingiendo que buscaba algo, un tebeo, ya me inventaría el qué. Me detuve. La veía desde arriba, tumbada. Tenía el pelo rubio enmarañado sobre el rostro y, con los ojos cerrados, parecía una de esas actrices a las que venerábamos. Bajo la blusa blanca, los senos se le movían arriba y abajo, al ritmo de su respiración pausada. Superada la primera impresión, me di cuenta de que en el suelo, junto al sofá, estaban las medias que se había quitado, y al lado de estas, una prenda de tela blanca que solo podían ser las bragas. Tuve que reprimir un grito agudo de ansia. Mi primer instinto fue avisar a Ingmar para que viniera a ver aquello, pero enseguida comprendí que no era buena idea. Me agaché un poco y en silencio contemplé aquel pubis liberado, el primero que veía en mi vida: la forma triangular, el vello rizado y tirando a rubio, una pelusa espesa en el centro, como de peluche... Aunque me moría de ganas de tocarlo, de hundir en él mi mano temblorosa, me quedé allí plantado como un pasmarote, conteniendo la respiración, y entonces, como si hubiese intuido mis deseos, la señora Elsa se movió entre sueños y las piernas se le abrieron más, enmarcando unos labios carnosos y rojos. Yo me asusté, pensaba que se despertaría, pero aquella visión me tenía hipnotizado y no me moví ni un centímetro. De pronto, no sé si inducido por el flujo espeso que para entonces ya me pringaba el pijama, me pareció que una especie de escalofrío casi imperceptible sacudía el cuerpo de la señora Elsa.

Impresionado, di un paso atrás, dos, y busqué la oscuridad protectora. La alfombra amortiguó mis pasos. Si me iba, ella me oiría y se despertaría, seguro, pero por otro lado aquella visión me tenía demasiado petrificado para pensar en nada más. No había pasado ni medio minuto cuando la señora Elsa se removió de nuevo en el sofá y, cuando ya creía que se levantaría y me vería, cuando ya preparaba una excusa, comprobé alucinado que no: con unos movimientos parsimoniosos, una de sus manos fue desabrochando los botones de la blusa, buscó los senos, por debajo, los acarició y después sacó los pezones de modo que apenas asomaran por encima del sujetador. Mientras tanto, la otra mano bajó hasta el pubis, encontró el botoncito y empezó a frotarlo y estimularlo con unos movimientos rítmicos y ondulantes. ¡Qué lección sobre el terreno! El niño de quince años que era yo comprendió que la señora Elsa se estaba divirtiendo sola. Pasaron unos minutos y sus facciones fueron cambiando, componiendo todas las caras del placer, pero sin abrir los ojos en ningún momento, y finalmente, apretando los labios con fuerza, ahogó un largo aullido de satisfacción que solo yo alcancé a oír. Entre sombras, hacía una eternidad que yo me había corrido sin ni siquiera tocarme, pero todavía me esperaba una última sorpresa: la señora Elsa abrió los ojos relucientes de gozo y lanzó una brevísima mirada hacia mi rincón. Luego, como si no me hubiese visto, se levantó, se acomodó la falda, apagó la lámpara de pie y el televisor y se fue a dormir, prolongando para siempre el misterio que nos unía.

Ahora, desde esta otra penumbra que me protege, en el pub, me doy cuenta de que no sé nada de la señora Elsa, más allá de las cuatro vaguedades biográficas que me contó su hijo. Detenida en mi pasado, su presencia está vacía por dentro, su personalidad se me escapa, y es un engaño que la siga mirando desde la adolescencia, sin la carga de vida que, como todo el mundo, ha acumulado a lo largo de los años. El sufrimiento, la alegría, las esperanzas y desilusiones de la edad: todo aquello que la ha hecho ser quien es, que ha dado consistencia a su vida.

No quiero, sin embargo, que mi ingenuidad pueda considerarse un atenuante, porque tampoco creo que esta escapada de domingo sea ninguna traición. Nunca se lo contaré a mi mujer. No nos haría ningún favor y, además, es como si todo esto no estuviera sucediendo de verdad... Cuántas frases negativas: será mejor que invierta el sentido de la realidad y acepte que cada decisión de las que he tomado hasta ahora, hasta llegar aquí, al Peculiar, proviene de esta mañana de domingo, pero quizá haya estado madurando en mi interior —como una larva de mariposa que se resiste a nacer— durante media vida.

Soy dormilón y supongo que ya había pasado un buen rato cuando las manos inquietas de mi hija Roser, que ahora tiene tres años y medio, han querido abrirme los ojos y me he despertado. Desde detrás de los párpados, todavía adormilado, he oído a mi mujer decir «buenos días» con un soniquete de dibujos animados, y la voz de la niña repitiéndolo en el mismo tono. Sonriendo, me he hecho el dormido, esperando que ella volviera a abrirme los ojos, y cuando lo intentaba me he incorporado de un salto y he empezado a hacerle cosquillas. Roser ya se lo esperaba y, en cierto sentido, se ha prestado al juego con toda su inocencia, porque de un tiempo a esta parte ese es su principal aliciente: a primera hora de la mañana se sube a nuestra cama, se mete entre los dos y no para hasta que nos despertamos y jugamos con ella.

Hoy, después del ataque de cosquillas, hemos hecho una tienda de campaña con la funda nórdica y nos hemos refugiado los tres debajo, como si fuera se hubiese desatado una tormenta y tuviéramos que protegernos pegados unos a otros. Yo resoplaba imitando el ruido del viento y la lluvia, y de pronto Roser se ha quedado muda, asustada porque le costaba entender que solo era un juego. Entonces Tònia ha apartado el nórdico a tiempo, ¡viva!, justo cuando Roser amagaba una mueca de llanto, y yo la he cogido y la he levantado con los pies para hacer el avión, como sé que a ella le gusta, y han vuelto sus carcajadas contagiosas, tan sonoras y limpias. Unos segundos después, algún gesto de la niña —sus pies de seda acariciando mi espalda desnuda (duermo sin pijama), o sus brazos abrazando uno de mis muslos— me ha provocado una erección instantánea, de un nervio desconocido. Me he alarmado, claro está, y he mirado a Tònia para que distrajera a la niña mientras yo me tapaba con la almohada e intentaba hacer bajar tan incongruente festín.

—No pasa nada, no pasa nada —he canturreado para disimular—, es solo fisiología.

—No pasa nada, ya lo sé —ha repetido Tònia para tranquilizarme—, solo que los hombres sois todos unos animales. Qué desperdicio...

Luego se ha llevado a Roser a la cocina, diciendo que prepararían el desayuno juntas, pero una bruma de resentimiento ha quedado suspendida en el aire de la habitación. Yo ya sé de dónde viene todo esto, pero hay que explicarlo. Hace seis meses, más o menos, Tònia me dijo que le gustaría tener otro hijo, un niño. En el pasado, antes de que naciera la niña, siempre habíamos estado de acuerdo en que con uno bastaba, por eso al principio intenté quitárselo de la cabeza. Roser ya nos tiene bastante entretenidos y ocupados, le decía, y aunque no pasemos apuros en lo económico tener otro hijo supondría perder una parcela más de esa libertad que tanto codiciábamos cuando estábamos los dos solos. ¿Acaso ya no se acordaba? Todos esos viajes, las vacaciones, las cenas, los cines. Tal vez fuera también pura fisiología, pero no, ella no entendía mis razones en absoluto, le parecían egoístas e incluso malintencionadas, y al final me rendí. De acuerdo, iríamos a por la parejita. Todo el mundo dice que con el segundo es más fácil, intenté convencerme, y cuando llegue el momento hasta me hará ilusión. Pero pasaban los meses, llegaban los períodos y nada de embarazo. De pronto, bajo la presión de dar en la diana, el sexo se fue haciendo más mecánico, previsible y aburrido. Ya no follábamos cuando nos venía bien, sino los días que marcaba un calendario de fertilidad, y los ratos de después del sexo se convirtieron en una clase continuada de biología. Ella se apuntaba a un curso de yoga para mujeres que querían quedarse embarazadas y yo comprobaba que cada vez me costaba más excitarme. Un fracaso anunciaba el siguiente, un estado mental en retirada, como un apéndice retráctil de nuestro amor cotidiano. Por eso, cuando esta mañana Tònia ha visto esa espléndida erección, tan inútil, ha confirmado una vez más que el mundo es injusto y me ha culpabilizado de ello por defecto. Los psicólogos lo llaman agresividad pasiva.

Ahora viene la segunda parte del dilema que me ha llevado hasta el Peculiar. Cuando el desayuno estaba listo, Tònia me ha llamado y he ido a la cocina. Como suele pasar, la presencia festiva de la niña nos ha relajado. Los cruasanes calientes, recién salidos del horno, nos han arropado con ese aroma de domingo por la mañana y en silencio hemos glorificado esa perfecta escena familiar. Después Roser se ha sentado en mi regazo (ningún accidente, tranquilos) y Tònia hasta ha hecho un comentario irreverente sobre mi libido incontrolable. Hemos vuelto a reírnos. Mientras tanto hojeaba el suplemento dominical del diario, y he visto una entrevista con un guitarrista de los Rolling Stones. Está a punto de cumplir setenta años, pero hace poco ha vuelto a casarse con una chica que podría ser su hija, o su nieta, y han tenido un bebé. La historia me ha hecho pensar en el padre de Ingmar y su nueva vida de abuelo-padre, y se lo he contado a Tònia porque me ha parecido que estaría bien alejarme de nuestro territorio común. La vieja táctica de objetivar nuestra mala leche en alguien famoso: error.

—¿Lo ves? —ha dicho ella con una entonación medio sarcástica que era una novedad para mí—. Los hombres sois todos iguales. Fisiología, como dices. Veis a una jovenzuela y perdéis el culo. Es asqueroso. —Ha callado unos segundos, pensativa, mientras pasaba las páginas de la revista, quién sabe si esperando una respuesta por mi parte, pero yo me he guardado de abrir la boca, me he limitado a asentir en silencio, y entonces me ha dicho—: Eso no me lo hagas, por favor. Si algún día me engañas con alguien, que sea con una mujer mayor, pero no con una chica de veinte años que no sabe nada de la vida. No se me ocurre nada más humillante. Me imagino a esa señora, pobre, la madre de tu amigo sue-co, menudo drama.

Yo le he dicho que tenía toda la razón, le he dado un beso conciliador y he cambiado de tema, pero sus palabras han quedado suspendidas en mi cerebro. Al instante se han juntado con las palabras de Ingmar de hace dos fines de semana, cuando me contó divertido la nueva vida de la se-ñora Elsa, los domingos en el pub, y he atado cabos para entender que debía reunirme con ella cuanto antes. A veces hay que dar un paso atrás para poder avanzar dos. Tal vez fuera una estupidez, pero quién sabe si la solución era volver a sentirme adolescente, puro como a los quince años, diga-mos, para salir del mal paso. Luego he comprendido que, de tan obvia, la excusa del partido de fútbol en el bar con los amigos era perfecta.

He ido a ducharme y, en este punto, motivado por la confianza en los hechos, podría inventar que he cerrado los ojos por temor a que me entrara jabón y cuando he vuelto a abrirlos ya estaba en el pub, acodado en la barra y flirteando a distancia con la señora Elsa, la madre de mi mejor amigo.

En el Peculiar, abro los ojos de nuevo y veo que la señora Elsa vuelve a sentarse con sus amigas. La mirada que hemos intercambiado hace un momento, larguísima, contenía toda la información necesaria, el código cifrado de lo que ambos buscamos esta tarde de domingo, y estoy convencido de que ella también ha sabido interpretarla. Veo que un camarero se acerca a su mesa para llevarles otro bol de cacahuetes y preguntar si quieren algo más. Entonces hace un gesto torpe con el brazo y vuelca el vaso del combinado que está bebiendo la señora Elsa. Se oye un estrépito de cristales y gritos de sorpresa, y ella se levanta en medio del grupo, se mira la falda manchada. El camarero le pide perdón y ella le contesta que no pasa nada, pero de pronto se despide del grupo. Se acerca a la barra y, al pasar junto a mí, sin mirarme, en un tono de confianza, le dice al otro camarero que va a casa a cambiarse, son cinco minutos y vuelve. Yo le dejo unos metros de ventaja, pago mi copa y también salgo.

En la calle ya ha anochecido, estoy desorientado y me cuesta averiguar qué dirección ha tomado, pero al fin la veo, aprieto un poco el paso y me sitúo detrás de ella, a unos treinta pasos. Avanzamos un rato por el paseo de la Bonanova y aquellas aceras van regresando a mi memoria. Sé que cruzaremos Ganduxer y, cuando llegue a la calle de las Escoles Pies, torceremos a la izquierda, hacia abajo. Ahora ella dobla una esquina y la pierdo de vista, pero no me preocupa porque sé que su casa, la casa de Ingmar, es el quinto o sexto portal de esa misma acera. Yo también doblo la esquina y bajo por la calle, veo que se detiene, abre la puerta y entra. Por un momento espero una mirada cómplice por su parte, un reconocimiento de la situación que me diga que voy por el buen camino, pero no sucede. Cuando me acerco, intento recordar en qué piso vivía, vive, porque estoy decidido a llamar al timbre, pero una vez delante del portal veo que ha dejado la puerta entreabierta. El deseo me dice que es una invitación a subir, pero aun así miro los buzones para comprobar su piso (veo su apellido sueco bajo el apellido Miralles, rayado con rotulador negro) y luego salgo de nuevo y llamo por el interfono. Me abre sin decir palabra, ya no hay dudas. Subo en el ascensor y sé que, cuando llegue al rellano, encontraré la puerta del piso entornada, que entraré despacio, sin hacer ruido, y con una timidez de jovencito tímido buscaré la sala de estar. Mientras tanto, la señora Elsa se ha quitado la falda manchada y se ha tumbado en el sofá. Cuando entro, veo que todo sigue igual que entonces, veinte años atrás. La alfombra, la lámpara de pie, la tele. Me acerco y veo que me mira de arriba abajo y sonríe. Me incomoda un poco tanta predisposición, pero entiendo que forma parte del juego. Bajo el sujetador, sus senos palpitan de excitación, los pezones despuntan furiosos. Veo que hoy lleva medias negras y debajo unas bragas blancas que me vuelven loco al instante. Como si corrigiera la timidez de aquel día, veinte años atrás, me acerco, me arrodillo a su lado y hago lo que no hice entonces. Meto la mano por dentro de las medias, por dentro de las bragas, y la hundo entre sus piernas. Ella suelta un jadeo y me busca con la mano. Me baja la cremallera —estoy ardiendo— y juega conmigo. Me quito los zapatos, los calcetines y los pantalones y me subo al sofá para que podamos acostarnos con la cabeza vuelta hacia los pies del otro. Pasan cosas que no contaré aquí porque ya no tengo quince años. Me doy cuenta de que tenía tantas ganas de vivir esta experiencia, lo necesitaba tanto, que podría repetirla muchas tardes de domingo, hasta que volviera a hacerme mayor y volviera a echarla de menos de ese modo tan primitivo, tan calculado, como esta mañana. Ella, sin embargo, mirándome a los ojos por primera vez, me pregunta cómo me llamo y me dice que me desnude.

Nos acabamos de quitar la ropa apresuradamente, y me fascina su cuerpo de tenista bronceada, como si todavía fuera aquella madre joven (con un movimiento de la cabeza rehúyo la imagen de mi mujer, Tònia, afeándome este pensamiento desde casa). Es la madre de mi mejor amigo, me digo, y en un instante de lucidez comprendo que esa malicia que yo le veía de adolescente, la propensión al vicio, era en el fondo una honestidad sexual única, una liberación que venía del norte y que en aquella Barcelona de la zona alta sería rarísimo encontrar. Pese a todo, esa desinhibición ha traspasado los años como un secreto y ha llegado hasta hoy, hasta aquí, a este festín entre dos desconocidos. Ahora soy yo el que se tumba en el sofá y se deja llevar. Ella manda, es la señora Elsa, y a fe que me hace sentirme como un muchachito al que aún le queda todo por aprender. Nos liamos. Sin palabras, solo con el idioma de los gemidos, al cabo de un rato comprendemos que estamos llegando al final, los cuerpos se abisman, se centrifugan, y ella suelta un grito que le sale del alma, feliz, y se desploma sobre mí. Me he hecho mayor de golpe. Luego la señora Elsa abre los ojos y me mira con tanta ternura que hasta duele, y me pregunta:

—¿Cómo has dicho que te llamabas?

SIETE DÍAS EN EL BARCO DEL AMOR

Si la vida lo hubiese tratado bien, habría podido ser uno de esos millonarios caprichosos con una mansión en la Costa Azul o en el Adriático: un palacete entre jardines donde coleccionaría delirios como una piscina con forma de piano de cola, una cama enorme con forma de piano de cola y, en el lugar más privilegiado del salón, frente a un ventanal con vistas al mar, como una prolongación del acantilado, un piano de cola transparente, de cristal, que dejaría a la vista el íntimo juego de cuerdas y teclas y tendría una sonoridad perfecta.

Si la vida lo hubiese tratado bien. Pero es que no lo trató lo bastante bien, por lo menos hasta el día en que yo le dije adiós para siempre y dejé atrás una semana inestable y lenta, siempre a punto de naufragar en un laberinto de pasillos demasiado estrechos, camareros serviciales, campeonatos de karaoke y cócteles a deshora.

Conocí a Sam Cortina, alias Dedos de Claqué, alias la Voz de Terciopelo, durante un crucero por el Mediterráneo. Fue en el mes de mayo, un mayo tan alterado por el cambio climático que a los hombres del tiempo se les hacía la boca agua previendo los récords históricos de calor que se batirían.

Hacía siete años que Bet y yo nos habíamos casado. Para celebrarlo, sin decirle nada, había reservado una semana en París para los dos, en un hotel espectacular que aparecía recomendado en el suplemento dominical de un diario. Iba a ser una sorpresa, incluso una sorpresa voluntariamente cursi, como pasa a menudo con las celebraciones amorosas, pero unos días antes, el sábado por la tarde, ella me montó una crisis. Estuvimos discutiendo durante tres horas, dando vueltas y más vueltas a los mismos reproches de siempre, y de pronto la frase fatídica —«Vamos a dejarlo, Mauri, por lo menos un par de semanas, a ver qué pasa»— incendió mi futuro y esos días en París se convirtieron en un recuerdo carbonizado de forma precoz. El paso del tiempo también abrasa los recuerdos, primero los apergamina y luego los quema empezando por los bordes, pero por lo menos nos concede la ilusión de haber vivido todo eso.

Es cierto que desde hacía una temporada las cosas no iban bien entre mi mujer y yo, nos peleábamos por cualquier tontería y poco a poco habíamos levantado un castillo de rencores mutuos que se había vuelto una carga demasiado pesada para ambos, pero yo veía el viaje a París justamente como una oportunidad para arreglar las cosas, como una de esas negociaciones entre dos países enemigos que se celebran en territorio neutral. No llegó a tiempo. Aunque debo decir que por primera vez la discusión transcurrió de forma civilizada, sin gritos ni portazos ni llantos, y tal vez por eso en ningún momento osé sacar a colación la escapada ni se la restregué por la cara como una prenda de amor que había despreciado sin saberlo.

Aunque la nuestra fue una separación temporal civilizada, al cabo de dos días me llegó la rabia. Me conozco y era imposible que no llegara. Esa tarde de sábado quedamos en que yo dormiría en el sofá cama de la habitación de invitados. Al día siguiente, justo cuando empezaba a amanecer, me despertó con una sonrisa amistosa, casi conciliadora (y con los ojos hinchados de tanto llorar), para decirme que se iba a casa de una amiga, que me llamaría pasados unos días. La vi salir con una maleta y una bolsa de viaje ridículamente llenas de ropa y libros, como si se fuera a la otra punta del mundo, y cuando oí que se cerraba la puerta, desvelado de pronto, solo fui capaz de recorrer con la mirada las paredes de la habitación de invitados. Esa decoración impersonal, de jarrones rotos, cojines descoloridos y pósters enmarcados que nos habíamos cansado de ver en el comedor, esas baldas con los libros viejos de la universidad, ya no me decían nada de nosotros dos e hicieron que me sintiera un desgraciado.

El domingo pasó en medio de una calma inconsciente, como un dolor de muelas aliviado por un analgésico. No salí de casa en todo el día, ni me quité el pijama, y me sentí no solo un desgraciado, sino también un imbécil y un inútil. Por eso empecé a odiar a mi mujer. Visto ahora, cuando todo ha vuelto a cambiar, me doy cuenta de que esa palabra es demasiado fuerte. Odiar, odiar... No es difícil suponer que, en todo caso, la odié como un simple mecanismo de defensa, por no verme obligado a odiarme más intensamente a mí mismo.

El lunes ese odio se fue concretando. Por entonces yo me movía en un estadio primario, instintivo, y no había hecho ningún esfuerzo real por reflexionar sobre los motivos que nos habían llevado a la separación transitoria. Cuando intentaba hacerme una composición de lugar, el viaje frustrado a París —del que ella no era consciente, de acuerdo— ocupaba todo el panorama y no me dejaba ver nada más. Así que a primera hora de la mañana de ese lunes llamé al trabajo y comuniqué a la secretaria que no iría porque estaba enfermo. No creo que le dijera ninguna mentira. Luego me duché, me preparé un café y me fui a la agencia de viajes. Puesto que la semana en París ya estaba pagada y me había costado una pequeña fortuna, iba decidido a reinvertir todo ese dinero *en contra* de mi mujer, es decir, obteniendo a cambio algún rédito sexual.

Reconozco que tal vez me comporté como un majadero reaccionando de ese modo, pero con la perspectiva de los meses transcurridos lo veo como una huida hacia delante. Puede que parezca cínico, pero me movía la fidelidad. Le conté al chico de la agencia que no podíamos ir a París por un compromiso de trabajo que le había surgido a Bet. «En el fondo somos los esclavos del siglo XXI», certificó él. También le dije que yo sí necesitaba coger vacaciones, porque estaba agotado. Puesto que no me había privado de nada y el presupuesto era alto, había pensado en un viaje a algún lugar lejano y vagamente exótico, Tailandia, por ejemplo, o Vietnam. El chico de la agencia comprendió enseguida qué buscaba. Acercándose para coger confianza, me dijo que eso era imposible por una cuestión de tiempo, tenía que hacerme cargo, una semana no daba para nada. Entonces me habló del crucero por el Mediterráneo, de las excelentes previsiones meteorológicas para esa semana y de la cantidad de gente que en el mes de mayo, tras las penas del invierno, buscaba una oportunidad ultramarina para despejarse. «Es otro mundo», remachó con aplomo, «y a usted le gustará.»

Y así, el día que hacía siete años que mi mujer y yo nos habíamos casado, en vez de celebrarlo con ella cenando en un restaurante de París, a la vacilante luz de una vela y con música jazz de fondo, yo vagaba como un alma en pena por los pasillos de un transatlántico de nombre ridículo –el *Wonderful Sirena*–, con una bola de raviolis al roquefort y salmón ahumado en el estómago y a punto de oír por primera vez la voz y el piano de Sam Cortina.

El *Wonderful Sirena* era una mole de bandera italiana con pretensiones de metrópoli flotante. Los folletos informativos de la agencia decían que sus camarotes podían acomodar a mil doscientos pasajeros, pero durante la semana que yo pasé a bordo nunca lo vi lleno. Su recorrido por una parte del Mediterráneo dibujaba un círculo y en cada puerto subían y bajaban viajeros. El día que me embarqué, la nave salía de Barcelona rumbo a Alicante, y desde allí debía continuar hacia Túnez, La Valeta en Malta, Sicilia, Nápoles, Marsella y de nuevo Barcelona. Si seguías este itinerario en un mapa, trazando rayitas rojas, era como si el mar fuese una inmensa lona azul, una carpa de circo que el barco fuera cosiendo en cada puerto. Nosotros, por supuesto, estábamos debajo: leones desdentados, viejos elefantes, focas tristes.

Cuando atracábamos en un puerto, siempre antes del mediodía, los pasajeros disponían de toda la jornada para subirse a un autocar, visitar la ciudad y comprar recuerdos en las tiendas señaladas por una guía local. Luego, cuando todo el mundo volvía a estar a bordo, incluidos los nuevos pasajeros, el barco se adentraba una vez más en el Mediterráneo hasta que la costa se desintegraba en miles de puntitos luminosos —zarpábamos al anochecer— y regresábamos a esa ingravidez lunar del mar nocturno.

En toda una semana no abandoné el barco ni una sola vez. Oía los nombres de las ciudades y la desgana me paralizaba. A veces, tumbado en la cama de mi camarote, miraba fijamente el techo y me parecía que aún no había salido de la habitación de invitados de mi casa. Solo me animaba cuando subía a cubierta para observar el perfil de la ciudad que visitaríamos ese día, con el fragor del puerto en primer término y las calles perdiéndose cuesta arriba. A veces imaginaba que bajaba a tierra firme, me internaba en una de esas calles estrechas y tortuosas y no volvía nunca más, pero esa tentación de iniciar una nueva vida en otro rincón del mundo era demasiado literaria, demasiado fabulosa para mi forma de ser. Si no bajaba a pasear por las ciudades, pienso ahora, es también porque sin Bet no habría tenido ningún sentido: los años a su lado ya me habían fastidiado el gusto por hacer turismo a solas.

Ese primer día, un viernes por la tarde, subí al barco cuando aún faltaba una hora para zarpar. Una vez cumplidos los trámites en recepción, un camarero filipino que hablaba una mezcla de italiano, francés y español sin parar de sonreír cogió mi maleta y me enseñó dónde estaba mi camarote, en el tercer piso, lado estribor. Mientras lo seguía, conté cinco pasillos idénticos, tapizados de un rojo cardenalicio, y decenas de puertas. Abrió la de la habitación 3014, en primera clase. Un ojo de buey cuadrado, no redondo, dejaba ver el extremo de un rompeolas y, más allá, el mar abierto. *«Buonasera, signor»*, me dijo el camarero desde el umbral, y se fue sin esperar la propina. A solas en la habitación, deshice el equipaje, colgué la ropa en el armario para que se fuera desarrugando y me tumbé en la cama de matrimonio. Impaciente, esperé a que el barco zarpara de una vez. Cerraba los ojos e imaginaba que detrás de esa puerta, serpenteando por los pasillos, se ensayaba un festival erótico en mi honor, un desfile de mujeres accesibles, simpáticas y voluptuosas que, a partir de medianoche, se me pondrían a tiro. Como si al comprar el pasaje ya me hubiesen garantizado que una u otra satisfaría mi deseo.

Era una pura fantasía, claro está. Debí de quedarme dormido, agotado por tanta zozobra, como un niño pequeño, hasta que de pronto me despertaron los tres toques graves de la sirena del barco, anunciando que zarpábamos. El camarote había quedado en penumbra y estaba tan amodorrado que tardé medio minuto en situarme. Miré por la ventana y aún se veía Barcelona allí enfrente. Con una nostalgia postiza, observé las dos torres olímpicas, los contenedores bien ordenados del puerto de mercancías, la protuberancia de Montjuïc. Hasta que todo se fundió en la noche. Ahora lo sé: viajar en un crucero por el Mediterráneo infunde en los pasajeros un gusto por la contemplación del paisaje, del horizonte, que a menudo es artificioso.

Pero da igual, ahora no quiero darle más vueltas. La verdad es que esa misma noche fui incapaz de salir de la habitación. Me había despertado sin fuerzas, comatoso, y poco a poco comprendí que nadie me echaría de menos en el barco. Más de una vez, al oír pasos y voces festivas en el pasillo, temí que llamaran a la puerta e intentaran entrar. Pasé toda la noche removiéndome en un sueño superficial y empapado, como si durmiera en una bañera llena y tuviera que estar atento a sacar la cabeza del agua cada medio minuto para respirar.

Por suerte, el nuevo día se llevó todos estos temores y me levanté con otro ánimo. Era sábado, lucía el sol y yo tenía una misión. Mientras desayunaba en una cafetería de cubierta, me aprendí de memoria la lista de actividades del crucero. En ella se detallaba que el ocio del *Wonderful Sirena* incluía, entre otras atracciones, tres discotecas, dos teatros y dos piscinas. Que a la luz del día los aficionados al golf podían mejorar su swing lanzando a mar abierto unas pelotas orgánicas que, en contacto con el agua, se convertían en comida para los peces. Que el aburrimiento era una palabra prohibida a bordo y que todas las noches se celebraban «fiestas mediterráneas» hasta que salía el sol. Leía todos estos pasatiempos y, con la ilusión todavía intacta, levantaba la

113

vista y observaba a los pasajeros en cubierta. Paseaban legañosos, lentos, extáticos. Los hombres llevaban pantalones bermudas, con una gran variedad de cuadros escoceses, y las mujeres olían al jabón vagamente provenzal que había en los camarotes. Más de uno sostenía un libro y un cóctel mientras buscaba una tumbona en la que seguir durmiendo con el libro abierto sobre el vientre. Ahuyenté un pensamiento reaccionario a favor de los nobles cruceros de antaño, porque me habría excluido incluso a mí mismo, y después de tomar el café imité a la multitud.

Como hacía todo el mundo, también, tras pasarme toda la mañana deambulando por la cubierta, dediqué la tarde a explorar el interior de la ballena. Recorrí el barco de punta a punta, los seis pisos de proa a popa, de babor a estribor, y enseguida me di cuenta de que aquello era un inmenso centro comercial y no una metrópoli acuática. Tuve que perderme dos veces por ese ensanche de pisos y calles simétricas para comprender el urbanismo del barco, con las atracciones comunes reunidas en el centro y a ambos extremos y los camarotes alrededor.

Puesto que quería socializar, me entretuve en la zona comercial. En las tiendas de lujo amagué el contacto visual con alguna de esas clientas tan altivas, aburridas de la vida e incapaces de aguantar una mirada seductora si no llevaba impresa el símbolo del dólar. Me detuve delante de un centro de estética con un peluquero que gesticulaba mucho, adulador y probablemente fracasado como artista. Un letrero ofrecía tatuajes y piercings a los pasajeros que buscaran emociones fuertes. Entré en el gimnasio, donde unos ancianos estrenaban los chándales que sus hijos les habían regalado por Navidad. La cajita de las pastillas tintineaba en sus bolsillos mientras pedaleaban. Me paseé entre las ajetreadas mesas de un casino en miniatura con salida a cubierta, por si algún desesperado quería arrojarse al mar tras perderlo todo.

También viví una sensación espectral que merece ser contada: a medida que te separabas de este corazón rutilante del barco, la luz en los pasillos se volvía más tenue y las sombras más brumosas y huidizas. No hablo de fenómenos paranormales, pero no era difícil darse cuenta de que, en los márgenes de ese mundo, centrifugados y expelidos del ocio, los que viajaban solos y eran vergonzosos erraban por los pasillos con aspecto de perro apaleado. En cada rincón, frente a las ventanas que daban al exterior, se detenían para comprobar si el teléfono móvil por fin tenía cobertura.

Para alejarme de ellos, porque intuía que eran unos desterrados y me resistía a formar parte de ese grupo, busqué un restaurante para cenar. Me metí en el bufé libre porque se me ocurrió que las bandejas con comida, tan bien dispuestas, y todo ese paripé de levantarte y pasearte con el plato favorecían el contacto con la gente. Para romper el hielo siempre podías comentar con la persona que tuvieras al lado qué buena pinta tenía el tronco de merluza a la vasca, o incluso burlarte de un tragaldabas que ya se había levantado cinco veces de la mesa para llenarse el plato de paella. Me fiaba de la predisposición al buen humor, de las ganas de divertirse, pero esa táctica solo me reportó un puñado de sonrisas deferentes, para ser exactos tres femeninas y dos masculinas y mucho más francas. Un amigo mío de la adolescencia, optimista nato, lo habría llamado «crear infraestructura». Yo, como he dicho antes, preferí rellenar el desencanto con el salmón ahumado y los raviolis al roquefort, a sabiendas de que tendría toda la noche para arrepentirme de ello.

Hasta la hora de irme a dormir, volví a pasear arriba y abajo por la cubierta, incansablemente, para bajar la cena.

En alta mar la noche era cálida y la brisa transportaba una especie de electricidad estática que adormecía los sentidos. Bajo la luna llena, la cubierta parecía la calle mayor de cualquier pueblo un domingo de verano al caer la noche. La gente se saludaba asintiendo vagamente. Algunas caras empezaron a resultarme familiares, quizá del bufé libre o de las tiendas, pero no valía la pena hablar con nadie (quiero decir que no habrían aportado nada a mi viaje). Media docena de niños consentidos jugaban a salpicarse en la piscina iluminada de popa. En dos hamacas para tomar el sol, huyendo de las miradas en la zona con menos luz, descubrí a dos chicas charlando y fumando: pasaban de la treintena, como yo, y tenían pinta de haberse contado todos sus secretos. Cuando buscaba alguna excusa para acercarme a ellas, los altavoces del barco anunciaron un espectacular castillo de fuegos artificiales y todo el mundo miró al cielo esperando el primer cohete. Las dos chicas –se parecían, una era rubia y la otra morena, como de anuncio de champán– se levantaron para asomarse a la barandilla. Cuando pasaron por delante de mí, bajaron la voz y fingieron ignorar mi presencia, pero tres metros más allá estallaron en una carcajada. El pareo que llevaban a la cintura revoloteaba agitado por la brisa.

Ahora viene un error mío: debí de quedarme embobado mirando el castillo de fuegos, convencido de que ellas estaban haciendo lo mismo, y de pronto, cuando las busqué después de la traca final, me di cuenta de que habían desaparecido del mapa. Una hora más tarde, pasada la medianoche, había explorado las tres discotecas en vano. Me dolían los pies. Me sentía como un pringado sin consuelo. Entonces, por suerte, descubrí el piano-bar donde tocaba Sam Cortina, y nada más entrar, sentarme a la barra y pedir un whisky sour su voz se convirtió en un bálsamo para mi cansancio y ansiedad.

El piano-bar se llamaba Rimini. Surgió de la nada, un oasis clandestino oculto tras gruesas cortinas, y me adoptó como a un huerfanito durante toda la semana. El camarero lucía esmoquin y pajarita roja. Abrían cuando se hacía de noche y cerraban —si es que cerraban— cuando salía el sol. El lugar tenía la forma de un ocho, con la barra circular en un extremo. En el contorno del otro círculo, difuminados en la penumbra rojiza, se adivinaban los sofás de terciopelo. Unas cuantas parejas recién estrenadas aprovechaban la intimidad para entregarse al calentamiento previo a la elección de camarote. Los que nos sentábamos en la barra asistíamos a su partida con una mezcla de envidia y esperanza, porque ya nos veíamos en su lugar. En el otro extremo estaba Sam Cortina, tocando el piano. Al lado de este, un atril sostenía el cartel descolorido que lo anunciaba: «Hoy con ustedes Sam Cortina, Dedos de Claqué, coronado durante tres años en el Caesars Palace de Las Vegas.» A veces alguien, acaso él mismo, le daba la vuelta al cartel, en cuyo dorso de diseño más clásico se leía: «Hoy con ustedes Sam Cortina, la Voz de Terciopelo y el rey de Atlantic City.» Al cabo de un par de noches comprendí que «hoy» quería decir siempre, eternamente.

Recuerdo que, cuando entré en el piano-bar, Sam Cortina tocaba una canción de Neil Diamond que lleva por nombre «Solitary Man». Luego he vuelto a escucharla muchas veces: *But until I can find me the girl who'll stay... I'll be what I am... A solitary man.* Sin más acompañamiento que el piano, Sam Cortina la cantaba de un modo más pausado que Neil Diamond, deteniéndose en cada palabra para exprimirle todo el sentimiento. Su voz de terciopelo, cascada en el punto justo de imperfección, envejecida con gracia, redondeaba la desolación. Y sin embargo no le salía demasiado triste. Hasta que encuentre a la chica que se quede a mi lado –viene a decir la canción–, seguiré siendo lo que soy, un solitario. «Esto va por mí», pensé al instante, «es un mensaje en clave.» Qué iluso, qué ingenuo. No tardé ni cinco canciones en darme cuenta de que Sam cantaba para sí mismo.

Su repertorio estaba muy bien escogido y sabía evitar la rutina. Podía alternar estándares de Cole Porter o de Irving Berlin con las baladas de Joni Mitchell o de James Taylor. Siempre empezaba con Jobim, cada día un tema distinto, y se lo apropiaba. Cantaba a Stevie Wonder pasado por el oído de Frank Sinatra. Se atrevía con Gainsbourg cuando ya era muy tarde. Físicamente se parecía a Burt Bacharach si cantaba una de sus canciones, y no echabas de menos ni coros ni violines. Sabía elegir lo que tocaba de los Beatles.

Hablando de los Beatles: esa primera noche en que llegué a la orilla del piano-bar, justo cuando apuraba mi tercer whisky sour y el camarero me preparaba otro por iniciativa propia, Sam Cortina se puso a tocar «Yesterday». Yo siempre lloro cuando escucho «Yesterday», no puedo ni quiero evitarlo. Me basta escuchar las tres primeras notas para que, como accionados por algún resorte profundo, se me humedezcan los ojos. Nunca he creído necesario contárselo a un especialista, en eso soy complaciente. Es una canción que me sacude en un milisegundo. Tanto da que suene en el hilo musical de unos grandes almacenes, licuada por la orquesta de Fausto Papetti, o en la versión más emotiva que hizo Marvin Gaye, o reconstruida por la trompeta de Miles Davis, o incluso desfigurada en la melodía de una canción de cuna. Bet se ríe de mí porque, según ella, he escogido la canción más tópica del mundo para ponerme tontorrón. A veces, en casa, me la tararea al oído por sorpresa: puede pasar que se burle de mí, fingiendo que también llora, como que le cause –me doy cuenta– una gran ternura.

Cuando Sam Cortina la tocó esa noche, con una larga introducción del piano antes de ponerse a cantar, sollocé con un sentimiento desconocido hasta entonces, diría que más auténtico, como si los litros de lágrimas vertidos a lo largo de toda mi vida no hubiesen sido sino un ensayo para esa ocasión única. La canté en voz baja, para mis adentros, y seguramente balbuceando.

Me sequé las lágrimas con una servilletita de papel. El camarero me dedicó una sonrisa para darme ánimos. En el Rimini solo quedaban unos pocos incondicionales: dos parejas emboscadas en los sofás, un matrimonio británico que compartía el aburrimiento y tres aves de paso como yo, acodadas a la barra. Cuando «Yesterday» llegó a su fin, Sam Cortina dio las gracias y anunció una pausa. Se oyeron unos pocos aplausos mecánicos, dislocados, y solo yo batí palmas intensamente. Sam bajó del escenario y se sentó a mi lado en la barra. El camarero le puso delante un whisky sin hielo que ya tenía preparado.

–Los hombres no lloran –me dijo después de probar el alcohol, y me guiñó un ojo. Le devolví una mirada bovina, supongo, y parpadeé para enfocarlo mejor. Era alto y enjuto, cargado de hombros. El pelo blanquinoso y bien peinado. La piel curtida y seca. Le eché unos sesenta años. Tenía estilo, un estilo de pianista desplazado, no diré que afectado pero sí demasiado señor para lo que era ese piano-bar en el *Wonderful Sirena*.

–«Yesterday» es una debilidad de hace muchos años –contesté–, y usted ha vuelto a despertarla. Supongo que debo agradecérselo, ¿no? Tiene el whisky pagado.

Me tambaleé un instante sobre el taburete, pero al oír mi propia voz supe que no estaba tan borracho como creía.

–Aquí siempre tengo el whisky pagado. Esto es mi casa. –Esbozó el gesto de brindar. Sus dedos largos y delgados asían el vaso con una indolencia aprendida con los años. Hablábamos en inglés, y su acento estadounidense no había perdido el poso de unos padres italianos. De puertas afuera, a primera vista, Sam Cortina parecía vivir al margen de las pasiones humanas. La conversación de esa noche y las que vinieron en días sucesivos me confirmaron esta primera impresión. Sam se presentaba ante el público como un hombre sin nervios, sosegado y de vuelta de todo, y esta frialdad, trasladada a un crucero, le otorgaba un aire enigmático ante el público que lo protegía como una coraza.

Le pregunté por Las Vegas, por Atlantic City, y me habló del estrafalario glamur de los grandes casinos, en los que nunca sabes si es de día o de noche, del aburrimiento que supone tocar con una orquesta que solo hace *medleys* de grandes éxitos, con doce actuaciones por semana. Sin darle importancia, como de pasada, mencionó que había subido al escenario con José Feliciano, Barry Manilow, Liza Minnelli. Recordaba aquellos tiempos sin rastro de emotividad, y solo cuando volvimos a la música, a las canciones tan bien escogidas de su repertorio, recuperó su expresión la vivacidad de cuando estaba sobre el escenario. Aun así, aprovechó una pausa en la conversación para cambiar de tema.

—Perdone que vuelva a las lágrimas de antes —me dijo—. Detrás de todo esto hay una mujer, ¿verdad?

—Siempre hay una mujer. Vamos, no sé por qué me lo pregunta, lo sabe usted mejor que nadie. Todas las canciones que ha tocado esta noche hablan de lo mismo.

Hizo un gesto de leve rechazo, de falsa modestia.

—Se lo pregunto porque no es la primera ni la segunda vez que observo este fenómeno. Los hombres lloran más a menudo de lo que parece. Tienen que estar solos, eso sí. Tienen que expiar algo. ¿Viaja usted solo?

—Mire, le seré franco. Yo me subí ayer por la tarde al barco con la intención de tener una aventura y engañar a mi mujer. Pero de momento todo es un fracaso. Ahora mismo, si fuera posible, creo que cogería un bote salvavidas y me volvería a casa.

—Ya veo. O sea, que en el fondo lloraba usted de rabia.

—No lo sé —masculló. Mientras tanto, el quinto whisky sour entraba en mi sangre como un narcótico. Se me trababa la lengua. Tal vez fuera un aviso para que pusiera fin a la conversación, pero no supe captarlo.

—Tenga paciencia, no se haga la víctima y todo irá bien. Hace ocho años que trabajo en este barco y sé lo que necesita. Pero hay un detalle que no sale en los folletos de información del crucero y que es importantísimo. Escúcheme: busque entre el personal de la tripulación, es más conveniente. Las aventuras entre pasajeros nunca acaban bien porque todo el mundo espera demasiado de ellas, y las despedidas son bruscas y lo dejan a uno insatisfecho. En cambio, cuando todo se acaba, el personal de tripulación se queda en el barco, no sé si me entiende.

—Perfectamente.

—También puede usted pagar, claro está, aquí hay de todo, pero para eso no hace falta subir a bordo. —Hizo una pausa y luego, girando un poco la cabeza hacia los sofás, me dijo en voz más baja—: Esos dos del rincón se han liado, por ejemplo. Él no sé dónde se subió, quizá en Marsella. Ella es italiana, de Nápoles, y desde hace medio año trabaja como camarera en la pizzería. Echa mucho de menos su tierra, según me han dicho, y cuando termina su jornada no hace más que pasearse por cubierta. Mira al horizonte, en dirección a Italia, y siempre hay alguien que se le acerca para charlar un rato. Luego dos y dos son cuatro.

—Dos y dos son cuatro —repetí.

—En este mundo nadie quiere estar solo. Animadoras, camareras, recepcionistas, vendedoras, cocineras, esteticistas... Si no tiene demasiados complejos, se las arreglará.

—Y para usted, mientras tanto, las grandes damas de primera clase. Que le veo las intenciones... —repliqué.

Rió con la mirada, una risa silenciosa, y luego avanzó el vaso para que el camarero volviera a llenarlo.

—Yo ya no juego —dijo—. No le negaré que los primeros años lo tenía fácil. He conocido a señoras de medio mundo y podría contar en cuántas lenguas distintas he hecho el amor, si me permite la fantochada, pero ya me he retirado. —Dijo estas palabras regodeándose en ellas, con cierta vanidad, pero luego hizo una pausa para beber whisky y dejó caer esta frase—: Yo soy un perdedor, no se equivoque.

De hecho, se le escapó. Durante un segundo le cambió la cara, como si se abismara, pero enseguida se dio cuenta y me miró a los ojos con la misma entereza de antes y un porte orgulloso. Se apresuró a hablar de nuevo para evitar algún comentario mío.

—Usted tiene pinta de fumar y a mí me apetecería mucho un cigarrillo, pero aquí está prohibido porque dicen que prenderíamos fuego a la moqueta. Tonterías de los tiempos modernos. Sin embargo, como compensación, sí que nos dejan subir el vaso de whisky a cubierta. ¿Me acompaña?

Arriba no quedaba apenas nadie. La luna llena barría el mar en calma y nos iluminaba como si fuera un cañón de luz sobre un escenario. Fumamos en silencio, cada cual ensimismado en sus cosas, y luego Sam anunció que regresaba al piano-bar. Le quedaba una hora de tocar para nadie. Yo decidí que me iba a dormir y nos despedimos presentándonos. Sam, Mauri. Mientras nos dábamos la mano, le dije:

—Hace rato que tengo ganas de preguntarle algo, Sam: ¿dónde vive usted? ¿Dónde está su casa?

Dudó unos segundos.

–Aquí –dijo–. Yo vivo aquí. En el barco.

Supongo que no rompo ningún hechizo si llegados a este punto del relato desvelo que mi mujer y yo volvemos a estar juntos. Hace poco celebramos nuestro octavo aniversario –en París–, dos semanas más tarde de lo que tocaba porque decidimos descontar del calendario esos quince días en los que sobrevivimos separados. Supongo que no rompo ningún hechizo, digo, porque en el fondo esta historia no habla de ella, sino de Sam Cortina. Mi mujer aún no sabe quién es, no le he hablado nunca de él, pero lo intuye de algún modo. A veces, cuando volvemos a discutir, me lanza alguna indirecta, por ejemplo diciendo que volví a casa cambiado, pero nunca se aventura más allá porque sabe que es terreno prohibido. En los acuerdos tácitos de la reconciliación yo cedí en algunos aspectos que para ella eran importantes y ella tuvo que aceptar mi silencio, que a veces –lo reconozco– puede ser misterioso como la sonrisa de un delfín.

Después de esa primera conversación con Sam Cortina pasé los tres días siguientes instalado en lo que podríamos llamar la rutina de la decepción. Día sí, día no, el *Wonderful Sirena* hacía escala en algún puerto por la mañana, la gente bajaba a airearse y al caer la noche regresaba para zarpar de nuevo. Esas tardes en las que el barco quedaba medio vacío yo seguía los consejos de Sam y alternaba con la tripulación femenina. Sin ningún éxito. Aprendí a descartar a las filipinas, que se encargaban de lavar la ropa y plancharla, y en general a todas las asiáticas, porque le evitaban a uno fingiendo que no entendían nada y no hacían más que reírse. Las camareras y cocineras italianas se dejaban tirar los tejos pero luego se echaban atrás. Una francesa de veintidós años me hizo la manicura y la pedicura: sus manos eran suaves y cálidas, me cortaba los repelos y me limaba las uñas con una intimidad prometedora, pero todo el rato rehuía mi mirada, y eso que Sam, que la conocía de haberse hecho las uñas con ella, me había asegurado que no era tímida. Como no quería ganarme mala fama en el barco, a partir del cuarto día seleccioné mucho mejor mis intentos de atracción y propiciaba encuentros casuales en los pasillos estrechos. Lo único que saqué de aquello fue la sensación de ser un desarraigado. De vez en cuando, si descubría un rincón del barco en el que había cobertura, conectaba el móvil y escuchaba los mensajes del buzón de voz. Bet me llamaba todos los días, y su voz sonaba cada vez más comprensiva y preocupada. Era este detalle, sobre todo, el que me espoleaba a no abandonar mi misión.

Cuando se hacía de noche, la rutina me guiaba hasta el Rimini. Nada más entrar, el camarero me preparaba un whisky sour y Sam me saludaba desde el piano sin mirarme, solo arqueando las cejas. La pareja británica persistía en su empeño por probar toda la carta de cócteles. Si en los sofás en penumbra vislumbraba a alguna de mis incursiones de la jornada, entregada a otros brazos, mi orgullo se resentía. Con los demás clientes de la barra apostaba cuánto tardaríamos en irnos hacia los camarotes. También nos informábamos mutuamente, con un atisbo de melancolía, de los que ya habían bajado definitivamente del barco. Siempre había un momento en que Sam jugaba con las notas iniciales de «Yesterday», como si empezara a tocarla en una larga obertura, y acto seguido, cuando ya se me despertaban los lagrimales, cambiaba de tercio e interpretaba una canción completamente distinta.

Si me hubiese entretenido escribiéndolo, mi cuaderno de bitácora consignaría que el martes, quinto día de la travesía, se produjeron cambios importantes. Por la mañana, unas pocas nubes bajas ensuciaban el cielo y por la ventana de mi camarote entraba una luz menos radiante que la de días anteriores: me levanté con una disposición afectiva renovada. La noche anterior habíamos dejado atrás Nápoles y, como quien dice, el Mediterráneo ya iba cuesta abajo. Se me acababan los cartuchos. Durante mi paseo del mediodía, atraído por un jaleo de voces, me metí en un salón de baile en el que no había entrado nunca y descubrí a una de las dos chicas –la morena– que medio había perseguido la noche de los fuegos artificiales. La contemplé durante un buen rato y luego me acerqué a ella con reverencia. Estaba sentada a una mesa y apuntaba una serie de nombres en una libreta. Le pregunté a qué se dedicaba. Me contestó que era animadora y que estaba preparando el campeonato de duetos de karaoke, una actividad ideada para conocer a gente nueva. Hablaba en una mezcla de italiano y castellano que en sus labios sonaba muy dulce, y su voz era tan convincente que un minuto después ya me estaba buscando pareja para participar en la competición.

Me tocó una sueca, Anja, y sí, ella fue la mujer de mi viaje. Nunca le pregunté la edad, pero calculo que tendría unos cuarenta y cinco años. Era rubia, casada y madre de familia –había venido de crucero con su hermana Marianne–, muy nórdica, y resumiré su atractivo y su disposición afectiva en la imagen de un tanga negro bajo unas bermudas blancas. Que ya son ganas. En el campeonato de duetos de karaoke, Anja y yo defendimos una canción de Barbra Streisand y Barry Gibb (el de los Bee Gees) que se titula «Guilty». Quienes la conozcan sabrán que es una canción muy difícil, sobre todo por las vocecillas que hace él. La animadora nos pasó la letra y la ensayamos varias veces, escondidos en una zona de la cubierta que quedaba a resguardo. Nos reímos mucho. Si nos hubiese oído cantar, Sam me habría retirado la palabra. Al final, por una cuestión de graves y agudos, decidimos que yo haría de Barbra y ella de Barry, y esta pirueta formal nos salió redonda, al punto de que quedamos segundos en el campeonato. Ganó una pareja de belgas que cantó «Ain't No Mountain High Enough», de Marvin Gaye y Tammi Terrell. La clavaban.

Anja pronunciaba mi nombre muy a la francesa, Moguí en vez de Mauri. Sobre el escenario, aprendimos a cogernos las manos y a mirarnos a los ojos intensamente mientras cantábamos con voz de falsete: «*We got nothing to be sorry for... our love... is one in a million...*» Y era cierto, no teníamos que pedir perdón por nada, nuestro amor –o lo que fuera que nos unía, en ese lugar y en ese momento– era uno entre un millón. No debíamos sentirnos culpables, como anunciaba el título de la canción. Un fotógrafo de a bordo, de esos que siempre quieren captar un instante de felicidad para vendértelo a precio de oro, nos sacó una foto durante la actuación final. Si la miro ahora –porque todavía la conservo–, pienso que estábamos actuando y punto. Pero también revivo, con un poco de nostalgia, la tranquilidad que me sobrevino cuando por fin la vida me arrastró y supe cuál era mi lugar en el crucero, qué papel me había correspondido en el reparto de esa ópera flotante.

Por la noche nos invitaron a una cena oficial, de etiqueta y orquesta. La pareja belga vencedora, Anja y yo nos sentamos a la mesa del capitán del *Wonderful Sirena*. Durante los postres nos entregaron una copa como segundos clasificados del karaoke de duetos, otra foto. Tenía un baño de plata y en la parte frontal alguien había grabado apresuradamente nuestros nombres: Anya y Maury, con esas faltas de ortografía que lo hacían todo más novelero. La llenamos de champán, brindamos y bebimos los dos a la vez, con las bocas muy juntas. La gente se acercaba a la mesa para felicitarnos y nos llamaba Barry, Barbra. Esta efervescencia nos acompañó toda la noche. Anja y su hermana habían embarcado en Nápoles la víspera y tenían el depósito de la diversión lleno a rebosar. Eran incombustibles. Primero los tres y luego Anja y yo solos, porque Marianne nos dio esquinazo y desapareció, tomamos cócteles exóticos en un bar que imitaba una cabaña hecha de bambú y bailamos en la discoteca.

En la bruma del alcohol, sin saber cómo ni por qué, Anja y yo acabamos esa noche en la tienda de los tatuajes. Tumbados en sendas literas, uno al lado del otro, con los pantalones bajados y reprimiendo a duras penas las ganas de reír, nos hicimos tatuar en la nalga derecha, para siempre jamás, un delfín saltando de alegría.

Estos, sin embargo, no son los cambios importantes que he anunciado antes. Ya he dicho que el protagonista es Sam Cortina. Como suele pasar cuando corres el riesgo de jugártelo todo a una sola carta, la operación del tatuaje ahogó nuestra euforia y nos dejó las nalgas demasiado doloridas. Anja y yo decidimos que ya nos veríamos al día siguiente y seguiríamos celebrándolo de un modo más íntimo.

–Al fin y al cabo somos pasajeros del Barco del Amor, ¿no? –me dijo sonriendo desde la puerta de su camarote, a punto de entrar, y me dio un beso–. *Have a good night, Barry.*

–*Sweet dreams, Barbra.*

Aunque ya era tarde, en vez de irme a dormir decidí rematar la noche con un whisky sour en el Rimini. Además, en una de las conversaciones anteriores, hablando de música con Sam, habíamos alabado las canciones de Steely Dan, una pareja de músicos que nos gustaba mucho a los dos, y yo le había lanzado un reto: a ver si era capaz de adaptar

«Deacon Blues» para piano y voz. Esa noche iba a interpretarla por primera vez.

Cuando llegué al piano-bar me pareció que los demás clientes de la barra me miraban aliviados, como si comprobaran que al final no los había traicionado. El camarero me sirvió el combinado. En uno de los sofás, enroscada entre los brazos de uno de los sobrecargos del barco, distinguí a Marianne llamando a zafarrancho de combate. Sam concluyó su versión de «Night and Day», de Cole Porter, y atacó «Deacon Blues» con fervor. En contra de lo habitual, la presentó como una novedad en su repertorio y me la dedicó.

Entonces yo no podía imaginarlo, pero «Deacon Blues» fue la última canción que oí interpretar a Sam Cortina. El recuerdo de esos cinco minutos es totalmente inolvidable y sigue siendo tan fascinante como esa noche en el Rimini. De pie junto a la barra, sin sentarme en un taburete por culpa del tatuaje latente en la nalga, oí cómo las notas del piano y su voz desnudaban la melodía de Steely Dan de toda la electricidad y luego, poco a poco, la vestían de nuevo con una cadencia más frágil y conmovedora. Como si esa tonada de los setenta retrocediera cuarenta años y cayera en manos de George Gershwin, pongamos por caso. Yo había escuchado la canción original decenas de veces, pero la voz de Sam daba relieve a ciertas frases. «Tocaré solo lo que sienta, me pasaré la noche bebiendo whisky, me moriré al volante. Todos los ganadores del mundo tienen un nombre, ¿no?, pues yo quiero uno cuando pierda», decía la letra. Parecían palabras escritas expresamente para Sam. Reclamar un nombre desde su aislamiento.

Después de tocar «Deacon Blues», anunció la habitual pausa y se acercó a la barra. El camarero le sirvió el whisky sin hielo. Emocionado, le di las gracias por la versión tendiéndole la mano y, cuando me la estrechó, todo el brazo le temblaba. El camarero me miró de refilón, arqueando las cejas. Era como si Sam hubiese agotado toda su sobriedad, toda su energía restante, interpretando la canción de Steely Dan.

—¿Tiene un cigarrillo? —me preguntó al oído. El aliento le apestaba a whisky y las palabras tropezaban al brotar de su boca.

—Subamos a cubierta —le dije—. Fumaremos y le dará el aire. Le vendrá bien.

Arriba, con el fresco, se animó un poco. Nos habíamos apoyado en la barandilla de popa. Los motores del barco removían el agua, dejando una estela de espuma blanquecina. Tiramos las colillas abajo y desaparecieron en la oscuridad antes de llegar al mar. Para animarlo, porque al parecer tenía que volver a tocar, hablé con Sam de la adaptación que había hecho, de la facilidad con la que había conseguido dominar la canción y hacerla suya. Entonces le pregunté si no componía temas propios. Entre las adaptaciones que escogía había algunas que, de tan libres y personales, lo parecían.

—No —contestó con sequedad, pero unos segundos después se aclaró la garganta para liberarse del mal sabor de boca y siguió hablando—. Yo no escribo canciones. Yo no grabo discos. Ya se lo dije el otro día: yo vivo en este barco. En ocho años solo he bajado a tierra una docena de veces, y siempre para saltar de un transatlántico a otro y cambiar de paisaje. Pero ya le digo, además, que lo mismo me da el Mediterráneo que el Atlántico. El mar siempre es el mismo cuando navegas en uno de estos monstruos. La gente también.

—¿Puedo preguntarle por qué se castiga con esta penitencia?

Dudó unos segundos y a regañadientes, se le notaba, contestó:

—Por una mujer.

—Siempre hay una mujer.

—Y por una canción. Pero tal vez sea lo mismo, en este caso. Ah, y no es un castigo ni una penitencia. Tal como lo veo yo, tocar el piano cada noche es una salvación. Mire, yo no soy un hombre de grandes ambiciones. Ya no. Hubo una época en la que creía que iba a comerme el mundo. En los años ochenta Las Vegas era el mundo para un pianista como yo. Una noche vinieron unos tipos de una discográfica y me ofrecieron un contrato. El nuevo Mark Murphy. O mejor aún: el nuevo Burt Bacharach, que daría más dinero y más fama. Me puse a componer y la primera canción que me salió llevaba el nombre de una mujer —llegados a este punto hizo una pausa y me miró fijamente. En su mirada turbia se traslucía la tormenta interior—. Primer error: hay muy pocas canciones que sobrevivan a un nombre de mujer. Angie. Diana. Michelle. Suzanne. Aline, si quiere. Y para de contar. La segunda equivocación fue estrenarla en público antes de grabarla. No le diré su nombre, no hace falta. La había ensayado con algunos compañeros de la orquesta del casino y sonaba muy bien. Una noche especialmente inspirada, en que mis dedos bailaban sobre el teclado y la voz me salía con una intensidad que amansaba al público (esas cosas se notan), la toqué en los bises. Estábamos en el Caesars, en el coliseo imperial, ante casi un millar de espectadores. Ella no sabía nada, era una sorpresa. Mientras tocábamos, yo la iba buscando con la mirada entre el público, en el lugar donde siempre se sentaba, pero no la encontraba. Por supuesto que no. Mientras tanto ella estaba haciendo la maleta arriba, en la habitación, en el hotel del propio casino, y llevándoselo todo. Si hubiese estado atenta, mientras metía mi dinero en su bolso, casi me habría oído gritar su nombre y pregonar mi amor a los cuatro vientos. Las Vegas es

Las Vegas, ya lo habrá oído decir, y las cosas más absurdas parecen normalísimas.

Volvió a enmudecer. La cabeza le daba vueltas y se apoyaba en la barandilla para no caer. Hacía rato que intentaba apurar las últimas gotas del vaso de whisky vacío. Estaba sudando y, a la luz de la luna, su piel brillaba con una palidez enfermiza.

—La vida tiene estos misterios, Sam —fue cuanto acerté a decir—. Usted dice que no toca canciones propias, que no puede componer, y sin embargo hace suyas canciones ajenas. Nadie toca «Yesterday» como usted, por ejemplo.

—Ya está, ya está —dijo, como si consolara a un niño pequeño que llevara en su interior, y acto seguido soltó una carcajada sarcástica. De repente había cruzado alguna línea y las palabras dejaron de brotar de su boca—. No quiero seguir aburriéndolo. ¿Verdad que nos estamos aburriendo? Vamos, que la actuación debe continuar.

Le hice caso. Bajó las escaleras apoyado en mi hombro, a trompicones, y cuando entramos en el piano-bar saltaba a la vista que no se tenía en pie. El camarero vino a recibirnos y me contó que aquellos «accidentes» solo pasaban de tarde en tarde, pero que ahora hacía días que lo estaba esperando. A continuación me preguntó si podía acompañar a Sam hasta su camarote, me dijo el número de su puerta y me dio una copia de la llave.

El camarote en el que Sam Cortina había decidido enterrar sus días no era mucho mayor que los de los pasajeros de primera clase. En todo caso parecía más pequeño, porque una parte del espacio lo ocupaba un piano de pared, calzado para que no se moviera cuando hubiese mala mar, y porque los objetos que con los años había logrado encajar allí dentro campaban en un desorden absoluto, como si el barco hubiese atravesado un tornado. Le quité los zapatos y lo acosté sobre la cama, de lado por si le entraban ganas de vomitar. Al cabo de dos minutos empezó a roncar. No quería ser indiscreto, pero mi admiración por ese hombre me llevó a curiosear entre sus pertenencias. Colgadas en las paredes había algunas fotografías dedicadas: entre otros reconocí a Liza Minnelli, Dean Martin saludando con su sombrero y Petula Clark, que le mandaba muchos besos en la dedicatoria. Sobre el piano descansaban algunas partituras abiertas, con las páginas tiznadas de ceniza de tabaco, un radiocasete y numerosas cintas grabadas. Unas cuantas estaban apiladas por fuera de la caja, donde convivían con una colección de souvenirs de las ciudades en las que el crucero hacía escala, con toda la pinta de ser regalos de admiradores taciturnos, de pacotilla. En la mesilla de noche encontré un portarretratos con una foto en tecnicolor de una chica. Estaba levemente quemada por los bordes, rasgada y pegada de nuevo con mucho esmero, como si fuera un rompecabezas, y así a primera vista la chica, sentada en un típico *diner* y mirando a la cámara con una adorable pose de Pigmalión, merecía que le escribieran una canción.

A veces aún pienso en la copa que Anja y yo ganamos en el campeonato de duetos del karaoke. Se la quedó ella. Era muy fea y yo la habría tirado discretamente por la cubierta una noche de esas en que la rutina a bordo, la diversión programada, se te cae encima como una losa. Tal vez ella lo hiciera, quién sabe. O tal vez no, tal vez la guardó como un valioso botín —como una materialización de la felicidad efímera— y ahora adorna su casa sobre la repisa de una chimenea sueca. Los amigos la ven y leen mi nombre, Maury, y luego Anja les enseña la foto de la cena y les cuenta anécdotas del crucero, y su marido se esfuerza por no pensar mal.

Claro que los nórdicos son de otra pasta para estas cosas. O tal vez se la quedó Sam Cortina, no sería nada excepcional, y hoy acumula polvo en su camarote, junto con los otros regalos que no sabe rechazar porque es demasiado buena persona, y porque en el fondo le hacen compañía. No, no sería nada del otro mundo que fuese Sam quien conservara la copa. En mi último día de travesía, cuando el barco zarpó de Marsella al anochecer poniendo rumbo a Barcelona, volví a quedar con Anja. Cenamos los dos solos en el restaurante más caro del barco, a la luz de las velas y con música jazz de fondo. En algún momento de la conversación le hablé de Sam Cortina y sus canciones. De cómo él, el hombre solitario, me había despertado las ganas de volver a casa. Después de cenar, todo ufano, la llevé al piano-bar, pero Sam no estaba. En el atril, bajo su nombre, había un cartel desgastado que anunciaba en tres lenguas que esa noche el pianista estaba indispuesto. Para resarcirnos de la decepción, Anja y yo nos revolcamos en los sofás hasta que los delfines de nuestras nalgas empezaron a quejarse. El camarero y los clientes asiduos de la barra nos miraban con incredulidad. Antes de despedirnos, le hice prometer a Anja que una de esas noches, cuando yo ya no estuviese, se pasaría por el piano-bar y le pediría a Sam Cortina que le tocara «Deacon Blues».

A veces, cuando salgo de la ducha y estoy solo en el cuarto de baño, observo en el espejo el delfín que salta. Mi mujer sabe que me lo hice tatuar durante la semana de penitencia en el *Wonderful Sirena*. De vez en cuando le propongo que hagamos un crucero por el Mediterráneo, pero ella me asegura que jamás se subiría a un barco de nombre tan ridículo. Para mí que teme descubrir lo que yo viví aquella semana, o prefiere no saberlo. Puede que yo también lo prefiera, pero añoro los dedos de claqué y la voz de terciopelo de Sam Cortina. ¿Qué habrá sido de él?

LA MATERIA

Al principio el movimiento es de una lentitud extrema.
Sabe que debe abrir los párpados y el mundo arrancará poco
a poco, como si un tocadiscos se pusiera en marcha con
la aguja sobre un 45 r.p.m. Los sketches que componen la
primera visión son aleatorios, el orden no es lineal ni había
una secuencia prevista antes de cerrar los ojos. La percepción
sensorial se activa de forma desordenada. Empieza a reunir
los primeros detalles, imponiéndose como relámpagos que
se resisten a desaparecer: los frenos de los coches chirriando
a dos metros de sus oídos; la cadencia repetida de los semáforos (como un helado de tres pisos); el latido en la sien que
después repercute en su pulso en un eco doloroso; las piernas de los transeúntes, los diarios desplegados, el llanto del
niño, la piel reseca que rascan las uñas, el andar cojo de una
paloma enferma, la textura rugosa de la acera bajo sus nalgas,
el olor de un cruasán caliente que se esparce a ras de suelo
y se mezcla con el de su propia orina... Parece imposible,
pero a medida que todo se orquesta y reprende el compás
necesario, las voces pierden gravedad y la música de fondo
se vuelve menos tenebrosa. Las náuseas se van retirando. Los
indicios se encadenan y los sonidos se agudizan. Ahora ya

querría encontrar una explicación para ese misterio que se obstina en atarlo a la vida. Ahora querría estar preparado porque la ciudad no tardará en ser una sinfonía de movimientos, un mapa de nervios y venas y músculos y cordones umbilicales que no se sabe dónde empiezan ni dónde acaban. Cuando las revoluciones llegan a 45 y la música urbana resuena en la cúpula de su cráneo, él también ya está a punto. Abre los ojos. Se levanta despacio. Se pasa la mano por el pelo grasiento. Intenta alisar las eternas arrugas del jersey y los pantalones y, de paso, sacudirse la modorra. Da dos o tres pasos y luego vuelve atrás. Parece que explore los dos metros cuadrados en los que ha dormido. Intenta orientarse, recomponer el mundo. Se mete la mano en el bolsillo y los dedos reculan espantados: encuentra un lío de tela que envuelve algo, pero es incapaz de recordar el qué. Ahora mismo podría ser cualquier cosa: un puñado de nueces, media docena de monedas, un pájaro muerto, un ratón vivo. Alguien que pasa a su lado suelta una maldición y esa frase incomprensible lo hace trastabillar. Para tranquilizarse, une los dedos como si rezara y se los pasa por el vientre. Es un truco que siempre le funciona. Pero como es tan temprano, ahora el estómago lo avisa de que tiene hambre. Duda entre dar otro paso o quedarse quieto, y los pies, que no siempre le obedecen, se mueven en direcciones opuestas. Parecen cuatro pasos de claqué improvisados. Se queda quieto porque un destello de sol lo deslumbra. Es entonces cuando, sin avisar, del lugar más profundo de su ser nace una sacudida sorda, como una onda expansiva que va subiendo y al final le sale por la boca. Ahora sí, da dos pasos adelante, abre los brazos en cruz y en medio de la calle, como si todo el mundo tuviera que celebrar este instante de epifanía matinal, grita con todas sus fuerzas:

–¡A Dios le obedece la materia!

Un fragmento de su mapa. La esquina del paseo de Sant Joan y la calle Provença, en Barcelona. Después de pagar la cuenta, Daniel reparte en dos bolsas, metódicamente, los productos que acaba de comprar. Con una rapidez entrenada, pone los más pesados en el fondo, como el pack de botellas de tónica y el vinagre balsámico, y encima deja un blando lecho de vegetales –unas zanahorias, una bolsa de tomates raf y una lechuga– para amortiguar el viaje del foie, los embutidos y los quesos. Hace cada movimiento con afecto, como si los alimentos pudieran entender el protagonismo que tendrán dentro de unas horas y exigieran un trato privilegiado. Esta noche, Daniel y Carola, su mujer, quieren celebrar que llevan diez años viviendo juntos. Será una cena improvisada en casa, porque a última hora les ha fallado la canguro del niño, pero han encajado el revés sin darle más importancia, incluso con cierta excitación juvenil. Después de llamar al restaurante y cancelar la reserva, han planeado un menú que esté a la altura de la celebración. En el supermercado, Daniel no ha escatimado ni un céntimo –siempre saldrá más barato que el restaurante, se ha dicho– y, dejándose llevar por la euforia, incluso ha comprado dos botellas de champán francés.

Así que, con el peso de las dos bolsas equilibrado, Daniel sale del súper y cuando vuelve a pisar la calle se sorprende de que ya sea casi de noche. El sábado pasado cambiaron la hora y todavía no se ha acostumbrado al horario de otoño. Bajo la luz ambarina de las farolas, la atmósfera es nítida pero chispeante, como si estuviera a punto de llover. «Barcelona también se vuelve más triste en otoño», piensa, y observa a un chico y una chica que se besuquean en un portal. Unos pasos más allá, vuelve a fijarse en el vagabundo que sigue en

137

su lugar habitual de la esquina. Daniel siente hacia este hombre una aprensión irracional. Nunca le ha dicho ni hecho nada, pero su presencia lo incomoda. Alto y desgarbado, con el pelo greñudo y grasiento, los pómulos prominentes y la barba enralecida, como si se hubiese afeitado sin espejo, se pasa todo el día allí tirado en una postura antinatural. Si no fuese por sus ojos, que escrutan violentamente cuanto lo rodea, se diría que su vida pende de un hilo.

Hay que decir que el vagabundo no es constante. De vez en cuando desaparece de su rincón y no vuelve hasta pasados varios días. Como su aspecto no es especialmente andrajoso —siempre lleva un traje ancho y anticuado, de espiga, acartonado y lleno de manchas—, Daniel no puede evitar que le recuerde a su padre. Es esa dejadez, el aire desamparado que tiene cuando va a verlo los domingos a la residencia. Daniel siempre se aleja de ambos con la absurda impresión de que están tramando algo, algo malo por más señas. Es posible que el carácter retraído del vagabundo favorezca esa comparación. Nunca pide limosna, aunque acepta la caridad de algunos vecinos que le dan dinero o comida. Pasa muchas horas hojeando y clasificando recortes de diarios y revistas que encuentra en las papeleras de los alrededores. Este mundo silencioso y absorto solo se altera de vez en cuando, y sin previo aviso. Como ahora mismo. Daniel avanza con las bolsas y se acerca al paso de cebra. De pronto el hombre se levanta, abre los brazos en cruz y mirando hacia delante, hacia un lugar inconcreto, grita esta frase a pleno pulmón:

—¡A Dios le obedece la materia!

La repite tres veces más, volviéndose para cambiar la orientación hacia cada punto cardinal, y luego se echa de nuevo en su trozo de acera. Daniel escucha las palabras y las repite mentalmente. A Dios le obedece la materia. Recuerda haberlas oído en otra ocasión, meses atrás, pero ahora intenta encontrarles algún sentido. Primero el pensamiento se pierde en la construcción obtusa de la frase, en la declaración de fe religiosa que lleva implícita, pero una vez en el ascensor un vecino lo distrae definitivamente con sus comentarios banales sobre el mal tiempo que se acerca.

Cuando abre la puerta del apartamento, Daniel huele el perfume a champú infantil que proviene del cuarto de baño. A veces, cuando se ducha por la mañana, está tan dormido que lo coge por error y entonces esa fragancia dulzona lo acompaña todo el día. En el despacho, si está demasiado agobiado por el trabajo, se remanga la camisa y se huele la piel del brazo para reencontrar ese olor familiar y relajante.

–¡Hola, ya estoy aquí! –grita mientras deja las llaves en una bandeja.

Desde el baño le llega la respuesta por partida doble.

–¡Hola! ¿Todo bien? –pregunta Carola.

–¡Hola! ¿Todo bien? –repite Àlvar, su hijo de cinco años, dos segundos después.

–Sí, sí, todo en orden –contesta Daniel. Entra en la cocina y deja las cosas de la cena sobre la mesa. Las va guardando en la nevera y mete las botellas de champán en el congelador, escondidas detrás de unos paquetes de espinacas.

Quiere que sea una sorpresa para Carola. Abre una botella de vino tinto, sirve dos copas y las deja sobre la encimera de la cocina para que el vino respire. En el vestidor contiguo a su dormitorio, mientras se quita los zapatos, la chaqueta y la corbata, oye el chapoteo de Àlvar en la bañera, la risa vital de Carola, y se imagina al niño jugando y haciendo monerías como si actuara para ella, quizá con las gafas de buceo puestas para que no le entre jabón en los ojos. De puntillas, intentando no hacer ruido, se acerca al baño y los espía por la rendija de la puerta entornada. Entonces se da cuenta de que Carola está en la bañera con Àlvar. No se lo esperaba y siente una leve punzada de celos. Como todavía es pronto para la cena del niño, empieza a desnudarse sigilosamente. Quiere que sea una sorpresa. La bañera es grande y circular, y hay sitio para los tres. Cuando se está quitando los calzoncillos, oye a Carola diciéndole a Àlvar que no tardarán en salir del agua. Se da prisa. Antes de que sea demasiado tarde, hace su entrada triunfal y se dispone a meterse en la bañera. Una neblina de vapor ha empañado el espejo. Carola sonríe y su cara resplandece difuminada en un *flou*. Es probable que le venga a la mente el recuerdo de alguna de las veladas que pasaron juntos en esa bañera cuando aún no tenían a Àlvar. Velas, una copa de vino, sales perfumadas en el agua, amor y sexo resbaladizo. Justo en el momento en que Daniel mete una pierna en el agua, Àlvar se quita las gafas de buceo (también empañadas) y ve a su padre.

–¡Nooo! –grita–. ¡Tú no!

En el reino acuático de su hijo no hay sitio para él. Carola le riñe por la rabieta (le gustaba la imagen de los tres en la bañera) y el niño empieza a lloriquear. Con un pie dentro del agua, Daniel duda si entrar o volver a salir y se siente ridículo. Tiene un poco de frío y al final decide entrar. El niño llora más todavía.

–Estará más fría que tibia –dice Carola, y vuelve a abrir el grifo del agua caliente. Al percatarse de que sus padres no le hacen caso, Àlvar se seca las lágrimas con las manos y entonces le entra jabón en los ojos. Nota el escozor y rompe a llorar, esta vez con más sentimiento. La beatífica paz que hasta hace un minuto reinaba en el cuarto de baño se ha desvanecido. Carola se rinde y sale del agua con un arrebato. Luego saca a Àlvar de la bañera y, con gestos bruscos, lo envuelve en una toalla. Mientras le seca el pelo, el llanto del niño queda amortiguado y parece que vuelve la calma. Tumbado en la bañera, Daniel contempla el cuerpo desnudo de su mujer, la piel lisa y la espalda reluciente de agua, el culo veteado de regueros de jabón. En ese momento de la noche, un viernes de aniversario, es una imagen excitante. Cierra el grifo. De pronto le entran ganas de masturbarse, pero lo frena la presencia de su hijo y la perspectiva del sexo con ella más tarde, después de cenar. Levanta los ojos y se topa con la mirada de su mujer, que lo observa desde el espejo con una media sonrisa.

Cuando madre e hijo lo dejan a solas, Daniel escucha el silencio que lo rodea. Su mente encadena varias ideas. De repente se sumerge en el agua y pronuncia la frase:

—A Dios le obedece la materia.

Las palabras se desintegran en una sarta de burbujas que suben hasta la superficie. Daniel aguanta la respiración mientras cuenta hasta cuarenta y, cuando ya no puede más, saca la cabeza del agua. Una explosión de aire.

Cuando se le ha pasado el berrinche, Àlvar ha hecho las paces con su padre y se ha dormido mientras leían un cuento juntos. Ahora, en el comedor, Carola y Daniel brindan con champán francés por el aniversario de su vida en pareja. Puesto que nunca han llegado a casarse, hace años escogieron como fecha de celebración la primera noche que durmieron juntos bajo el mismo techo, cuando Daniel se mudó al piso de Carola. Se conocieron mientras estudiaban en la Facultad de Bellas Artes. En su prehistoria en común, ambos habían elegido la asignatura de Cinematografía Rusa. Cuando salían de ver las proyecciones de Eisenstein o Pudovkin se iban al bar de la facultad con algunos compañeros de clase y se enfrascaban en un cinefórum de análisis pedantes. Luego cada cual volvía a su casa y, en el metro, ellos dos traducían al lenguaje del amor todas esas miradas, gestos, discusiones y complicidades. Una vez superada la fase de aproximación, cuando ya salían juntos, sus intereses empezaron a divergir: Carola se centró en Historia del Arte, atraída sobre todo por la escultura, y Daniel domesticó sus ideas sobre el cine para acercarlas al mundo más previsible de la televisión. Este extrañamiento laboral se vio acentuado con el nacimiento de Àlvar. Poco antes, cuando ella ya estaba embarazada, acordaron que Daniel aceptaría una oferta muy atractiva de una productora famosa por sus programas triviales y polémicos. Carola se quedaría en casa para cuidar del bebé y aprovecharía los ratos libres para adelantar su eterna tesis doctoral sobre escultura y paisaje. Al final, como suele ocurrir, apenas había tenido ratos libres, y el bebé le absorbía toda la energía. Daniel, en cambio, encontró en su trabajo –analista de proyectos de nuevos formatos– una vía de escape frente a la presión de la paternidad recién estrenada.

Descorchan la segunda botella de champán francés. El fulgor de las burbujas ya se ha trasladado a los ojos de Carola. Daniel siempre la contempla con adoración cuando llega este momento. La mira mientras habla y piensa que tendrían que llevarse las copas y la botella a la cama para continuar la fiesta allí, pero duda que Carola quiera lo mismo. Puede que hoy sea una excepción, pero en realidad, desde hace unas semanas, tiene la impresión de que se ha vuelto un poco arisca cuando ambos tienen ganas de follar. A veces teme que ella sospeche que tiene un lío en la oficina (no lo tiene, está tanteando la posibilidad pero todavía no ha hecho nada). Tal vez por eso, en vez de insinuar un acercamiento, espera que sea ella la que dé el primer paso y saca

142

el tema del indigente de la esquina. Le cuenta que hoy ha vuelto a encontrárselo.

—No lo sé, a veces me parece un tipo peligroso —dice Daniel, que se da cuenta enseguida de que está exagerando—. No. Más que peligroso, es intrigante, con eso que grita de vez en cuando: «A Dios le obedece la materia»... Ya lo sabes, en el trabajo he conocido a más de un excéntrico como él. Son imprevisibles y a menudo acaban haciendo alguna locura.

—Pues a mí me parece todo lo contrario —repone Carola—. Me fijo en él a menudo, cuando pasamos por allí, y siempre tengo la impresión de que quiere decirnos algo. Que quiere pedir ayuda pero le faltan las palabras. Un día de estos me pararé a hablar con él, a ver qué me dice.

—No lo hagas —se apresura a decir Daniel. Es consciente de que su tono es demasiado seco y desagradable y lo repite con más delicadeza—: No lo hagas, por favor. No conseguirás nada. Se ve a la legua que es un desequilibrado. Solo falta que alguien lo provoque... Vete a saber qué le pasa por la cabeza.

—¿Y eso es un problema? —se indigna ella—. ¿No crees que eso nos pasa a todos? Tú mismo, por ejemplo. A veces me resulta muy difícil saber qué piensas.

—No compares —replica él, y para sus adentros maldice el momento en que se ha referido al vagabundo.

En Socrates, Pensilvania, en Estados Unidos, hay un parque de esculturas que sobrevive gracias a las donaciones de un millonario filántropo. A lo largo de varias hectáreas de bosque, la vegetación salvaje convive con una serie de obras de arte expresamente creadas para ese espacio. Según el temperamento de cada artista, expone el catálogo de la

143

fundación, «las esculturas buscan fusionarse con la naturaleza, crear una violencia visual o simplemente interrogarse sobre la influencia del hombre en el paisaje». En uno de los prados del parque, el visitante suele detenerse ante una piedra de granito ligeramente ovalada, de volumen similar al de un saco de patatas. Al principio, desde la distancia, no sabe si se trata de una obra de arte o de una simple roca que ya estaba allí antes que las esculturas. Pero cuando se acerca a ella descubre que sobre la piedra hay otra más pequeña en equilibrio, de color dorado y del tamaño de un melón: es una pirita. Desde que instalaron la escultura en este rincón del parque, la lluvia y demás inclemencias atmosféricas han trabajado el contenido mineral de la pirita y han afectado el granito, abriendo nuevos surcos en su materia y cambiando su color. La pieza se titula *No Wishes, 1983,* y es obra del escultor estadounidense William Bartholomew, Bill para los amigos. En los años ochenta, por mediación de una marchante bien relacionada, Bartholomew logró situar un buen puñado de obras en los más prestigiosos museos y colecciones privadas de arte contemporáneo. No obstante, lejos de emborracharlo de vanidad, el éxito lo llevó a una depuración de su genio en clave primitiva. De repente abandonó a su familia, se trasladó a una aislada región montañosa y siguió creando en soledad. Un día, tras una larga etapa de silencio, desapareció de la cabaña en la que vivía y nadie volvió a saber de él. La noticia se publicó en las revistas de arte y fue la comidilla de la Documenta de Kassel de ese año. Algunos artistas lo idolatraron por este gesto, que juzgaron a todas luces voluntario y extremo.

Últimamente, cada vez que se cruza con el vagabundo de la esquina, Carola piensa en William Bartholomew. La discusión con Daniel del viernes anterior, su intransigencia, la ha hecho recuperar viejos planes y ha dedicado esta mañana de lunes a buscar más información sobre el artista. Tras pasar un buen rato rastreando en las carpetas de la tesis, ha encontrado unas fotocopias de una revista de arte estadounidense. El artículo repasa la desaparición del artista y se pregunta si al fin y al cabo no estaremos ante su última obra, el gesto definitivo en su afán por explorar la conexión entre la materia, el ser y la nada. El texto se acompaña de unas fotos de William Bartholomew y un apunte biográfico. Carola las observa con atención: tienen más de veinte años y el color oscuro de la fotocopia les da un aire requemado, pero podría tratarse de él, sin duda. Su rostro parece moldeado por un gesto huidizo. Emocionada, lee una vez más la nota biográfica. Entre otras cosas, cuenta que Bartholomew había estado encerrado en la adolescencia por algún episodio psicótico (experimentó con drogas lisérgicas) y que en los últimos años, como parte de su evolución vital, se había convertido en un vegetariano radical, un vegano. Uno de los escasos amigos que lo visitaban de vez en cuando había relatado que solo comía verduras crudas, ajos, cebollas, tomates o pimientos cultivados en su huerto, y que reciclaba sus orines y defecaciones como abono para la tierra.

Carola siente un súbito ataque de compasión por ese hombre. Sale al balcón y busca su figura en la esquina, abajo, entre los árboles. En el espacio que queda entre el quiosco y una farola ve sus piernas encogidas. Espera unos minutos. De pronto el hombre se levanta y da unos pasos. Entra en su campo de visión. Se acerca a uno de los semáforos y mira al cielo. Si se diera la vuelta podría verla, pero no lo hace. Carola lo sigue con la mirada fija hasta que su figura alta y delgada se descompone en el éter gris de la ciudad. Cuando vuelve a enfocarlo, lo encuentra echado de nuevo en su rincón.

Por la tarde Carola va a recoger a Àlvar a la guardería. Muchos días, si sale pronto del trabajo, es Daniel quien se encarga de ir a buscar al niño, pero hoy la ha llamado desde el móvil para decirle que no llegará hasta la noche. En los estudios de la productora ha empezado a seleccionar nuevos participantes para un concurso de esos de frikis, desclasados y locos que tanta audiencia tienen, y ha de quedarse un rato a supervisar las tareas de selección. Carola y Àlvar llegan a la esquina del vagabundo (para sus adentros, sin apenas darse cuenta, ha empezado a llamarlo Bill). Está sentado en su rincón, con las piernas cruzadas, absorto en la tarea de recortar unas fotos del diario. Va repasando las hojas y, cuando encuentra una imagen que le gusta, dobla varias veces la página hasta que la encuadra. Luego humedece los contornos del papel con la lengua para poder recortarla limpiamente. Cuando termina con una de las imágenes, vuelve a doblarla y la guarda en el bolsillo de la americana. Esta tarde un fajo de papeles asoma por fuera del bolsillo, como un pañuelo estrujado. Carola sigue toda la operación sin perder detalle. Le gustaría saber cuáles son las imágenes que lo atraen y buscarles algún sentido. Àlvar le tira de la mano porque quiere marcharse. Carola abre el bolso, saca un billete de veinte euros y le pide al niño que se lo dé a ese señor. Sin asomo de miedo, Àlvar se acerca al extraño y le tiende el dinero, pero el vagabundo parece no verlo y sigue concentrado en las fotos. El niño se le acerca más y se acuclilla a su lado. El hombre lo mira fugazmente con el rabillo del ojo, pero sigue pasando las páginas de un diario. Carola continúa paralizada, y entonces Àlvar hace algo inesperado: se acerca más aún al hombre, mete la mano en uno de los bolsillos oscuros, profundos y sucios de sus pantalones y deja allí los veinte euros. Carola siente un escalofrío.

—Àlvar, ven aquí —le dice con dulzura—. No molestes al señor.

El vagabundo se levanta como si el niño hubiese accionado algún resorte interno, pero su actitud no es agresiva ni dolorosa, más bien denota una lenta sorpresa. Con el movimiento, su ropa desprende un olor agrio y Àlvar se tapa la nariz y vuelve con su madre.

—Hola —saluda ella—, me llamo Carola y este es mi hijo Àlvar. ¿Quiere subir a nuestro piso? *Would you like to come up to our place?*

—¿Por qué? —replica él. La voz es más aguda de lo que aparenta.

—Para bañarte en mi bañera —se le adelanta Àlvar.

El vagabundo sin nombre sigue sin contestar a ninguna pregunta. Cuando ellos dos ya se iban los ha seguido dócilmente, dejando en el rincón un fajo de diarios y una bolsa de basura llena de vete a saber qué, que nadie osará tocar. En la entrada del edificio, el portero los ha saludado con desconfianza y les ha preguntado si todo iba bien. Carola ha asentido con una sonrisa tranquilizadora. Han subido en el ascensor sin decir palabra y una vez en casa, siguiendo las indicaciones de ella, el hombre se ha encerrado en el cuarto de baño. Ha salido media hora más tarde, con la misma ropa sucia pero repeinado y oliendo al champú de Àlvar, y se ha puesto a buscarlos por todo el piso. Madre e hijo estaban en la cocina. Àlvar comía tortilla de patatas, y al verlo Carola le ha preguntado si le apetecía un poco. El hombre ha dicho que no con la cabeza. Han pasado unos minutos y allí sigue, de pie, contemplando la escena. Àlvar come sin apartar los ojos del programa infantil de la tele y su madre le va metiendo trozos de tortilla en la boca. Entretanto, su cabeza

147

hierve con preguntas ensayadas cien veces, pero cuando intenta formularlas, antes de que alcancen siquiera a salir de su boca, se estrellan contra la expresión granítica del vagabundo sin nombre. Poco a poco, como un polo magnético, su presencia silenciosa y estática se ha ido apoderando de todo lo que los rodea. ¿Y si el tiempo se hubiese detenido? «No, eso no es posible», piensa Carola. Transcurren unos minutos más. De repente, sin previo aviso, el hombre alarga un brazo para coger el mando a distancia.

Tal como ha visto hacer a Àlvar, empieza a pulsar los distintos botones del mando. Se suceden los canales de televisión y enseguida nace un ritmo. El televisor parpadea constantemente. Al principio no permanece más de cinco segundos en un mismo canal; luego los períodos se van dilatando. Diez segundos, veinte, treinta. Carola lo contempla fascinada. Àlvar empieza a lloriquear.

–A Dios le obedece la materia –repite con voz queda el vagabundo sin nombre.

–¿Qué quiere decir con eso? ¿Qué significa? –pregunta Carola.

Silencio. La mira un instante y luego se concentra de nuevo en la pantalla, como si quisiera decirle que la respuesta está en la televisión. A un canal le sigue otro. En su mente, palabras e imágenes se mezclan para crear un sentido. Todo se ordena. Parece que lleve años esperando este momento. Se apacigua su rostro, la mandíbula, los pómulos. Se saca del bolsillo algunas fotos recortadas y las extiende sobre la mesa. Ahora todo se ordena más rápidamente. Apunta con el mando hacia las fotografías y pulsa los botones. Àlvar sigue sollozando, pero no parece que sufra, sino que es más bien una reacción inconsciente, como si también él formara parte del juego. Carola mezcla las fotos, como si así pudiera ayudarlo a buscar una cadencia en las imágenes.

148

Las manos del vagabundo sin nombre, Bill o como se llame, se quedan quietas y cierra los ojos. Da la impresión de saber qué ocurrirá en el futuro.

He aquí lo que pasará dentro de poco. Daniel llegará del trabajo. Abrirá la puerta y los encontrará a los tres en la cocina. Àlvar habrá dejado de llorar y se echará a sus brazos. Carola sonreirá y le contará que su invitado es un famoso escultor que desapareció hace muchos años. Daniel arrebatará el mando al vagabundo sin nombre, apagará la tele y llamará por el móvil a la policía, pero en el último instante cambiará de idea y colgará. Acto seguido acompañará al vagabundo al ascensor y bajará con él a la calle, hasta su esquina. Pasarán los días. Algunas mañanas, en plena redacción de la tesis, Carola sentirá el impulso de salir al balcón y buscar a Bill con la mirada, pero no estará allí. Pasarán más días sin que Bill dé señales de vida. Una noche se estrenará el nuevo programa que produce Daniel. Àlvar ya estará durmiendo en su cama (tendrá pesadillas) y Carola se sentará sola frente al televisor. El programa se llamará *Veo veo*, y ella no tardará en descubrir que en realidad se trata de un concurso de videntes. En la primera eliminatoria, esta noche, los dos aspirantes lucharán por avanzar hacia el siguiente programa, convencidos de que su objetivo es conseguir una plaza en la gran final. Una *meiga* de Galicia, capaz de ver el futuro en las sábanas y mantas de una cama deshecha, competirá con un señor serio y enigmático que predice el futuro de un modo muy original: interpretando la secuencia de imágenes que le proporcionará por azar el zapping de un televisor. Los telespectadores podrán votar por él enviando mensajes desde el móvil. Solo tendrán que marcar el número 7878 y a continuación escribir: «*Veo veo* Mr. Materia.»

EL MILAGRO DE LOS PANES Y LOS PECES

Hace ya unos días, una tarde de principios de verano, me reencontré con mi amigo Miquel Franquesa, que ahora se hace llamar Mike. Describirlo como un amigo tal vez sea exagerado, porque en realidad solo nos hemos visto un par de veces en tres años, pero también es cierto que nuestro contacto no fue en ningún momento esporádico ni casual, sino que contenía el punto justo de confianza y quizá de intimidad –sobre todo por su parte– que da el dinero compartido.

Digo que lo reencontré y en realidad fue él quien me vio primero. Iba yo por el paseo Marítimo, en dirección a la Barceloneta, cuando de pronto alguien que me venía de frente se plantó ante mí, impidiéndome el paso con una sonrisa. Tardé mis buenos diez segundos en reconocer ese rostro, el tiempo de rescatarlo de la memoria y comprender que estaba más envejecido y ajado. Lo saludé esforzándome por disimular la sorpresa. El Miquel que había conocido tres años antes era más bien delgado, tenía treinta años largos, las facciones suaves y huidizas, mirada de hurón y una alegría desgarbada, que se acentuaba porque solía llevar la camisa medio por fuera del pantalón. En cambio, el Mike

151

que ahora tenía delante me hizo pensar en un pescado hervido, un salmón: inflado y blando, más que gordo, con la piel de un moreno tirando a naranja, lucía una gorra de los Yankees, un polo azul cielo salpicado de manchas metido por dentro de los vaqueros y unas zapatillas multicolores.

Nos dimos la mano y nos saludamos con cuatro palabras de cortesía. Su voz sonaba menos nerviosa de lo que recordaba, como templada por los ansiolíticos. Me contó que hacía más de medio año que había vuelto para pasar las vacaciones de Navidad y había decidido quedarse pese a que todo el mundo le recomendaba que no lo hiciera. La maldita crisis. Incluso había encontrado trabajo.

–Y ahora vas hacia el casino, supongo... –aventuré con algo de malicia, porque era allí donde nos habíamos conocido.

–Sí –contestó–, pero no es lo que crees. No he vuelto a jugar. Ahora es mi lugar de trabajo.

Supongo que lo miré con incredulidad, porque entonces me invitó a tomar una cerveza en un bar cercano y así, mientras él comía algo, charlaríamos y nos pondríamos al día. Su turno no empezaba hasta dentro de hora y media.

Durante esos tres años, me dijo Miquel, había hecho miles de kilómetros y había conocido a decenas de personas. Había tenido una amante fogosa y había logrado esquivar por los pelos la venganza de un marido cornudo. Había paseado en góndola por los canales de Venecia, conducido un Ferrari, considerado la idea de suicidarse lanzándose desde la torre Eiffel. Al final siempre había sobrevivido. Puede que esa sea la palabra que mejor resume su peripecia: a pesar de sí mismo, había sobrevivido a todo. Y ahora volvía a estar en Barcelona. Pero antes de adentrarme en el relato, tal vez valga la pena recordar cómo nos conocimos...

Empecemos, quizá, diciendo que Miquel Franquesa era cliente asiduo del Casino de Barcelona. En agosto de 2008 yo estaba escribiendo una novela y había decidido que en un capítulo importante saldrían unos jugadores de cartas. Llevaba algún tiempo peleándome con una escena en la que quería describir una partida de póquer. Sabía cómo resolver la atmósfera de la partida, pero me fallaban los gestos de los jugadores cuando ven las cartas por primera vez, sus caras cuando les toca una mano especialmente cargada, el silencio vanidoso de quien gana sabiendo que se ha marcado un farol... Así que una tarde de viernes muy calurosa fui al casino para fijarme en los jugadores de blackjack y, ya de paso, aprovechar el aire acondicionado. Como me conozco y sé que tengo debilidad por las cosas del azar, dejé las tarjetas de crédito en casa y me llevé solo sesenta euros por si tenía la ocurrencia de jugar.

Una vez dentro del casino me quedé con las ganas de ver a los jugadores de cartas. Resulta que las partidas de blackjack están restringidas al público. Las mesas quedan separadas del resto de la sala por una discreta mampara de madera y hay un vigilante que solo deja pasar a quienes acrediten que van a jugar. Por unos instantes me planteé volver a casa, pero gracias al ambiente relajado del casino y esa atmósfera espesa y turbulenta que suele respirarse allí donde se juega por dinero decidí quedarme un rato más. Pedí un gin-tonic y, con el vaso en la mano, como si todo aquello fuese de mi propiedad, me paseé por las mesas en las que se jugaba a la ruleta. (Sí, he visto muchas películas.) Fue entonces cuando en una de las mesas con más afición a su alrededor me fijé por primera vez en Miquel Franquesa. Su forma de entregarse al juego —en cuerpo y alma— me fascinó e, hipnotizado, no le quité los ojos de encima durante una hora larga, el rato que tardó en perderlo todo.

153

No sé cuánto dinero sería, calculé que cerca de dos mil euros, pero su rostro ni se inmutó. Al final, cuando perdió la última ficha y el crupier la arrastró con indolencia hacia sus dominios, le noté una leve mueca de disgusto, pero nada más. Se levantó, saludó con la cabeza sin dirigirse a nadie en particular y se fue. Lógicamente, lo seguí y vi que se metía en el aseo. Entré detrás de él y, para disimular, me lavé las manos. Después de mear él hizo lo mismo.

–¿Qué pasa, te doy lástima? –me preguntó desde el espejo.

–No –contesté al instante–. Lo que estoy es impresionado. ¿Cómo se puede perder tanto dinero?

–Mala suerte –contestó–, siempre es mala suerte. Va y viene. He apostado toda la tarde al doce, porque hoy es día doce, y ya lo has visto: he perdido todas las veces. Pero si ahora volviéramos juntos a la mesa de juego y apostáramos al doce, nada nos dice que volveríamos a perder.

–Ni que ganaríamos... –repuse yo.

–Exacto. ¿Quieres que lo intentemos? ¿Llevas dinero encima?

Dejé la invitación suspendida en el aire unos segundos, el tiempo de secarme las manos en un secador con ronquera. Al ver que no acababa de decidirme, Miquel repitió la pregunta, pero esta vez con un matiz distinto:

–¿Llevas dinero encima? ¿Me lo puedes prestar?

–Sí que llevo. Cincuenta euros. Pero con cincuenta euros no harás nada.

–En eso te equivocas –dijo–. Tal como lo veo yo, un billete de cincuenta euros contiene la promesa de más dinero. Solo tienes que saber cómo *trabajarlos* y que la suerte te acompañe. Es como cuando Miguel Ángel se plantaba frente a un bloque de mármol y veía la escultura que había dentro. El *David*, el *Moisés*...

154

—Hombre, no es exactamente lo mismo —le reconvine, pero confieso que la comparación me sedujo y me ablandó. Él debió de darse cuenta, porque insistió.

—Déjame los cincuenta euros y vamos a medias. O mejor aún: déjame los cincuenta euros y te devolveré cien. Que sea mañana, eso sí. Un préstamo de veinticuatro horas al ciento por ciento. Es una gran oferta.

Hablaba en un tono tan convincente que no supe resistirme. Me encogí de hombros y le di el billete de cincuenta euros. Se lo metió en la cartera al instante, como si el dinero le quemara los dedos, o como si diera mala suerte contemplarlo (vete a saber), y me lo agradeció con una mirada de confianza, casi de camaradería. Salimos juntos del aseo y lo seguí hacia la mesa de juego, pero cuatro pasos más allá Miquel se dio la vuelta y se despidió de mí hasta el día siguiente. Era una manera elegante de decirme que no quería que lo acompañara, que no me correspondía ver cómo ponía en juego mi dinero, mi inversión en su talento, y me fui convencido de que no volvería a ver esos cincuenta euros.

Al día siguiente, sin embargo, la curiosidad me hizo volver al casino a la misma hora. Miquel me esperaba fuera. Llevaba gafas de sol oscuras, como si quisiera disimular la cara de cansancio.

—No hace falta que entremos —me dijo, y me tendió dos billetes de cincuenta euros.

—Vaya, esto sí que no me lo esperaba. O sea, que volviste a ganar...

—No, no, lo perdí todo —admitió con una sonrisa triste—, pero soy un hombre de palabra. Gracias a tus cincuenta euros jugué durante más de cuatro horas y conseguí reunir una pequeña fortuna. Cerca de diez mil pepinos, pero no supe parar a tiempo y poco a poco me lo fui puliendo todo otra vez. Así es la vida.

Además de ser un hombre de palabra, para entonces ya había entendido que Miquel Franquesa era un ser impulsivo, tozudo y sometido a la adrenalina de los arrebatos, por más que a la larga eso le trajera desgracias. Para rematar el cuadro clínico, también era un optimista nato, de esos que se tiran de cabeza a la piscina sin preguntar si el agua está fría. Me lo quedé mirando y, como me dio lástima –esta vez sí–, le devolví sus cincuenta euros, pero no quiso aceptarlos. Al contrario. Se puso serio y me dijo que, sin saberlo, me los había ganado. Mi intervención casual había sido «terapéutica y enriquecedora» (palabras textuales). Entonces me contó que la víspera, cuando volvía a casa en taxi, abatido y con los bolsillos vacíos, había tenido una epifanía. El taxista iba oyendo la radio, un programa de entretenimiento sobre los catalanes dispersos por el mundo, y entonces el locutor había explicado que en Las Vegas «la capital del juego y la diversión sin límites» vivía cerca de un centenar de compatriotas. Miquel lo interpretó como un reto: si quería dejar el juego para siempre, se dijo, el mejor lugar para desengancharse era Las Vegas.

–¿Tú crees? –osé interrumpirlo.

–Desde luego. Nada como una buena quemadura para mantenerte alejado del fuego para siempre.

Una vez más su ejemplo me pareció rebuscado, pero me di cuenta de que le brillaban los ojos con una excitación pura, rayana en la fe, y yo no era nadie para cuestionar su decisión. Además, ya lo tenía todo dispuesto: esa mañana había sacado los escasos ahorros que le quedaban, había malvendido el ordenador portátil (después de guardar todos los documentos personales en un lápiz de memoria), había puesto un anuncio en internet para realquilar su piso y había comprado el billete de avión para viajar a Las Vegas tres días más tarde. Solo el vuelo de ida.

—Gracias, de verdad —me dijo cuando nos despedimos, estrechándome la mano con una sinceridad enfermiza—. Gracias por todo.

Lo vi partir decidido, como un explorador con una misión, y luego, acaso para rendir homenaje a su valor, o a su insensatez, entré en el casino y perdí los cien euros que me había dado.

Ya he dicho antes que ahora Miquel se hace llamar Mike. Esta reducción del nombre, que hoy se me antoja indisociable de su carácter, se produjo mientras vivía en Estados Unidos. Cuando me topé con él en el paseo Marítimo, era como si ese entusiasmo cándido de hace tres años se hubiera disuelto completamente en la realidad cotidiana de Las Vegas, y sin embargo hablaba sin pizca de acritud o remordimientos.

—Las Vegas es todo lo que uno quiera —me dijo en el bar, mientras tomábamos una cerveza—, y además no se acaba nunca. No sé si lo sabes, pero los sociólogos se refieren a ella como un «no lugar». De acuerdo, lo es, pero también es un «no tiempo». Las horas pasan sin orden ni concierto, y a menudo cuesta distinguir el día de la noche. Afuera siempre hay claridad, ya sea gracias al impetuoso sol del desierto o a los miles de letreros luminosos con los que la ciudad se engalana cuando llega la noche. Si no has visto el cielo de una puesta de sol rojiza, recortándose sobre los neones verdes del Nevada Inn, no has visto nada, créeme. Y dentro de los casinos no hay relojes, de modo que el tiempo pasa volando o se detiene en función de las rachas del juego.

Su referencia a los casinos me hizo fruncir el ceño.

—No, ya lo sé. Te costará creerlo, pero no entré en la sala de juego de un casino hasta medio año después de haber llegado a Las Vegas –aclaró–. Más allá del famoso Strip que todo el mundo conoce de las películas, detrás del decorado estridente, hay una ciudad hecha de casas que parecen prefabricadas, todas iguales, y que se extiende hacia la nada. Cuando llegué me busqué un motel baratito, el Flamingo, y me instalé en él durante dos semanas. Para que la experiencia fuera más emocionante, me inscribí con un nombre falso, Mike Picasso, pero la recepcionista ni siquiera pestañeó. Buena señal. Aunque tenía visado de turista, mi intención era encontrar trabajo para no esquilmar demasiado mis ahorros. Ahora podría describirte el motel, la cama gigante, la piscina de agua verdosa (en la que siempre había una pelota de plástico flotando), la máquina de hielo en el pasillo, la gente de paso como yo, las proezas sexuales o las discusiones nocturnas al otro lado del tabique, sin duda provocadas por el dinero. Pero no lo haré, tú mismo ya te lo puedes imaginar.

–Tienes razón, me lo imagino perfectamente.

–Los cinco primeros días no salí del motel –continuó–. Todo aquello me abrumaba. Oía el constante rumor de la ciudad, veía el resplandor desde la ventana y me decía que no estaba preparado para enfrentarme a algo así. Me pasaba el día en la piscina, haciendo el vago en una tumbona, y mi único alimento eran las patatas fritas y unas alitas de pollo picantes que la dueña del motel me mandaba llevar a la habitación. Desde mi atalaya al aire libre controlaba las idas y venidas de los perdedores de los casinos. Salían por la mañana con la esperanza en el rostro y volvían por la noche convertidos en despojos humanos.

»El quinto día me desperté con más decisión, como si me hubiese desintoxicado definitivamente de las ganas de jugarme el dinero. Sentía que formaba parte de ese mundo, que ya no era un visitante iluso, sino que con esa cuarentena autoimpuesta me había ganado el derecho a sobrevivir en él. Entonces, de repente, comprendí que no sabía por dónde empezar.

–Si mal no recuerdo, ibas a buscar catalanes...

–Bueno, eso era una excusa, pero es cierto que al final funcionó. Una mañana cogí un autobús gratuito hasta las fuentes del Bellagio, que son espectaculares, y desde allí me paseé por el bulevar de los casinos. El Caesars Palace, el Bally's, el Tropicana... Nombres míticos que había oído mil veces y que se me ofrecían como una tentación... Qué digo una tentación: el paraíso del jugador. Por suerte, ahora ya tenía claro cuál era mi objetivo. Me fijaba en la gente que entraba o salía de los casinos y, de vez en cuando, al pasar por su lado, cantaba en voz alta «Baixant de la Font del Gat» o «El meu avi», por si me oía algún catalán de los que al parecer vivían en Las Vegas. Pero nada, nadie picaba el anzuelo. De pronto, cuando estaba a punto de darme por vencido, oí a alguien gritar: «¡Eh, catalán! *Barcelona és bona si la bossa sona...*» Me di la vuelta y era un tipo barbudo, vestido con elegancia, de origen cubano, nieto de catalanes, que de pequeño había oído cantar habaneras. Se llamaba Bonany. Llevaba unos patines en línea sobre los que hacía equilibrios a la salida de un casino y, mientras repartía propaganda, intentaba convencer a los clientes para que esa noche se olvidaran un rato del juego y fueran a ver el musical *Los miserables*. Lo invité a comer un trozo de pizza, más que nada por hablar con alguien, y le conté que estaba buscando trabajo pero no sabía por dónde empezar. «Pues encontraste a la persona ideal, *broder*», me dijo. «Pero permíteme una pregunta: ¿tú sabes hablar español con algún acento latino?» Le contesté que sí, que sabía imitar a los mexicanos y a los argentinos, quizá también a los venezolanos, y al día siguiente ya tenía mi primer trabajo en Las Vegas. Ilegal, por supuesto.

Mike Franquesa me contó entonces que se ganó su primer sueldo trabajando como aparcacoches en un casino de segunda categoría. Resultó que Wilfredo Bonany, el cubano medio catalán al que acababa de conocer, tenía montado un negocio para dar trabajo a inmigrantes ilegales. En Las Vegas, como en todas partes, hay casinos más pequeños, negocios que son como parásitos del juego y sobreviven, mal que bien, a la sombra de los grandes imperios, detrás de la primera línea. Son lugares ideales para abrirse paso cuando acabas de llegar, con apuestas más bajas, y nadie hace preguntas incómodas. La estrategia de Wilfredo Bonany era muy sencilla y al mismo tiempo muy bien estudiada: buscaba a jóvenes treintañeros que tuvieran buena presencia, fuesen latinoamericanos y llevasen poco tiempo en Las Vegas. Si hablaban un inglés rudimentario, como era el caso de Mike, mejor aún. Wilfredo se presentaba a las entrevistas de trabajo luciendo sus mejores galas, con su barba fecunda y espesa, y contestaba tímidamente, con una actitud retraída que se escudaba en sus aparentes limitaciones lingüísticas. Luego enseñaba sus documentos de ciudadano estadounidense, todo legal, y por lo general lo contrataban. Mano de obra básica. Llegado el día, Wilfredo enviaba a algún otro *broder,* como los llamaba él, instruyéndolo para que se presentara bien afeitado y se mantuviera fiel a ese carácter retraído que él había mostrado en la entrevista.

Con esta táctica, que se basaba en el uniforme y sobre todo en la incapacidad de los jefes de personal estadounidenses para distinguir los rostros y acentos latinos, Wilfredo Bonany tenía una plantilla de más de diez personas trabajando para él, bajo su nombre, que a cambio le entregaban un treinta por ciento de su sueldo. Más listo que el hambre, era como una empresa de trabajo temporal: jardineros, empleados de limpieza, camareros, repartidores de comida, aparcacoches... Tenía olfato y no dejaba escapar ninguna oferta. Solo tenía que andarse con ojo para no firmar más de un contrato por empresa. La discreción que domina los negocios en Las Vegas hacía el resto.

En el caso de Mike, todo sucedió tal como había previsto el cubano. Como le había tocado el horario nocturno, el primer día de trabajo llegó al casino hacia las seis de la tarde. El encargado le preguntó por la barba y él, siguiendo las instrucciones de Bonany, dijo que se la había afeitado para causar una mejor impresión, lo que le hizo ganar puntos al instante. Le dieron un uniforme y le presentaron a su compañero de turno, un armenio de carácter desabrido y gestos bruscos que debía enseñarle cómo funcionaba lo de aparcar coches.

−Trabajé allí durante unos ocho meses −recordó Mike Franquesa mientras pedíamos otra ronda de cerveza y él ojeaba la carta de platos combinados−. Aunque era muy aburrido, fue un aprendizaje que me permitió comprender los entresijos sociales de Las Vegas, los códigos que rigen la frontera entre los que trabajan y los que salen de fiesta. Aparcábamos los coches que querían acceder al casino o a un centro de restaurantes vagamente inspirados en Nueva York. Había pizzerías, hamburgueserías, puestos de tacos mexicanos... Siempre a la sombra de una reproducción de la estatua de la Libertad de porte avergonzado y un arco de cartón piedra que imitaba los del puente de Brooklyn. Mi trabajo consistía en abrir la puerta de los coches, saludar amablemente a los clientes y luego llevar los vehículos a un parking subterráneo dando una vuelta a la manzana. Allí, dos vigilantes apuntaban la matrícula en un registro y cuando había algún coche reclamado a la salida nos daban las llaves para que se lo devolviéramos al propietario. Nos pasábamos la noche arriba y abajo, sin apenas momentos de pausa, y si digo que era un trabajo aburrido es porque la mayoría de los coches eran alquilados en el aeropuerto y no tenían ni pizca de gracia, aunque de vez en cuando aparecía, qué sé yo, un Maserati, un Ferrari, un Lamborghini, y el armenio y yo nos peleábamos discretamente por ver quién lo tomaba. ¡Ah, esos cinco minutos al volante! Él tenía más experiencia que yo, claro está, pero de vez en cuando también me caía un coche de lujo. Más de una vez, cuando conseguía meter la segunda marcha del Ferrari, por ejemplo, habría acelerado para escaparme y dar rienda suelta a ese pura sangre, salir a correr la noche de Las Vegas, más allá del bulevar, y perderme para siempre. Si no lo hacía es porque me habría buscado la ruina. Allí donde se acaba la ciudad empieza el desierto, que es enorme y temible. Luego estaba, además, la cuestión de las propinas: cuanto mejor era el coche, más espectaculares eran las gatitas que acompañaban al macho alfa y más quería este impresionarlas dándonos una propina generosa. Ese dinero, huelga decirlo, nos atraía mucho porque no entraba en el treinta por ciento de Wilfredo Bonany.

Llegados a este punto Mike Franquesa enmudeció un instante, como si quisiera invocar el silencio del desierto al caer la noche, como si estuviera dudando si contarme algún hecho dramático, y para animarlo le pregunté qué otros trabajos había tenido, además del de aparcacoches.

–A ver... –empezó–. Los del casino nos daban fiesta un día a la semana, pero Bonany solía aprovecharlo para resituarnos cuando tenía alguna baja inesperada, casi como un ejército de clones latinos a su servicio. Así empecé a trabajar esporádicamente como gondolero en el Venetian, que es una aberración fabulosa. Mi función era conducir la góndola por los canales del casino, donde el agua y el cielo eran de un azul de dibujos animados. Cada diez minutos tenía que entonar «O sole mio!» y me detenía delante del falso Puente de los Suspiros para que una pareja de palurdos de Texas, Ohio o Nebraska se sacaran una foto y se dieran un beso, por este orden. Entre otros trabajos, también limpié la piscina del Country Club, hice de camarero egipcio en el Luxor Casino y me encargué de recoger los casquillos de bala y cambiar las dianas en un club de tiro muy venido a menos. Pero todas estas ocupaciones eran satélites de la tarea de aparcar coches, que acabó como el rosario de la aurora...

—¿Ah, sí? ¿Por qué?

—Por culpa de unos catalanes, mira por dónde. Una noche salí a recibir un coche alquilado en el aeropuerto, como había hecho tantas veces, y de su interior salieron dos matrimonios de mediana edad. Una de las mujeres se me quedó mirando fijamente y entonces, mientras su marido me daba las llaves del coche, me soltó de buenas a primeras: «Tú eres Miquel, ¿verdad? ¿El primo de Mireia?» Levanté la vista, sorprendido, incapaz de reprimirme, y como siempre pasa con los catalanes cuando viajan por el mundo, dije que sí, ya lo creo, y los saludé, y enseguida buscamos la conexión que nos unía. Eran amigos de mi prima de Mataró y apenas nos conocíamos, solo habíamos coincidido en alguna fiesta veraniega, pero me solté y aproveché para charlar con ellos. Hacía meses que no hablaba en catalán con nadie y me costaba encontrar las palabras. Al cabo de un rato nos despedimos y quedamos en vernos más tarde, al acabar mi turno, para tomar una copa y recomendarles alguna distracción sorprendente. Pero eso no llegó a pasar. En cuanto se fueron, mi compañero armenio se me acercó y, con una sonrisa socarrona, me dijo: «Conque Michael, ¿eh? No Will, ni Wilfredo.» Supongo que se iría de la lengua, porque media hora más tarde el propio Wilfredo Bonany se presentó en el casino, muy exaltado, y me dio a entender que le había fallado. Le dolía en el alma, pero tenía que dejar ese trabajo cuanto antes. Resulta que el armenio formaba parte de una organización similar a la suya que buscaba ocupación a inmigrantes ilegales de Oriente Próximo y cuyo jefe se repartía los puestos de trabajo con Bonany. Por tanto, el armenio tal vez no fuera armenio, sino iraní o turco, a saber. Mi error había puesto en peligro toda la estructura, y lo mejor era que me fuera. Que me esfumara.

Ya he dicho antes que he visto muchas películas. Yo me imaginaba un descenso de Mike a los infiernos de la Ciudad del Pecado, hasta que volviera a tocar fondo, pero lo que me contó a continuación fue todo lo contrario. Para hablarme de sus aventuras amorosas hubo de remontarse unos meses atrás. Con su primera paga semanal como aparcacoches, había dejado el motel y se había buscado una habitación de alquiler. En esa época Estados Unidos vivía una recesión brutal por culpa del mercado inmobiliario. Lo de Lehman Brothers, la prima de riesgo y toda la pesca. De tarde en tarde, mientras iba en autobús por las calles de las afueras de Las Vegas, Mike se fijaba en las casas a medio acabar y los jardines sin césped en los que una palmera raquítica montaba guardia, a menudo con anuncios de habitaciones para alquilar. Muchas familias de clase media, asfixiadas por hipotecas devastadoras, luchaban por ganarse un sobresueldo en negro, un dinero que el banco no pudiera arrebatarles. Un día Mike se detuvo en una de esas casas y llamó al timbre. En ella vivía una familia con un hijo adolescente y le alquilaron una habitación amueblada.

—Era más bien austera —me dijo—, pero con aire acondicionado y una ventana que daba al jardín, y lo mejor de todo era que tenía una entrada independiente, lo que me permitía ir y venir a mi aire. Estaba situada en la parte trasera de la casa y hasta tenía un cuarto de baño propio, aunque lo habían dejado con las paredes de obra vista, sin alicatar. A mí eso me daba igual: cuando me duchaba, tenía la sensación de que era un fugitivo que vivía medio escondido del mundo. El alquiler también me daba derecho a usar la cocina, por supuesto. Reservaban una balda de la nevera para mis cosas y, si quería, podía cocinar o calentar comida preparada en el microondas. En eso las familias americanas son mucho más abiertas que nosotros, siempre están dispuestas a compartirlo todo. De todos modos, al principio me costaba mezclarme con ellos. Mis horarios como aparcacoches eran intempestivos y a menudo, cuando volvía a casa a las dos de la madrugada, ya estaban durmiendo. A lo sumo, había luz en el cuarto del chico, que apuraba las horas con los videojuegos de ordenador. De día, si coincidía con ellos, los veía siempre agobiados, de mal humor, como si se avergonzaran de tener a un realquilado en casa. Sabía que él se llamaba Glenn y ella Jane, y les echaba más o menos mi edad, pero poco más. Habíamos acordado que les pagaría todas las semanas en metálico, los viernes por la tarde, y durante esos minutos intercambiábamos los cuatro lugares comunes que me permitía mi inglés macarrónico. Me preguntaban si estaba contento y yo les daba las gracias con sinceridad, sonreía y decía: «OK, OK!», que es una expresión que sirve para todo.

»Cuando llevaba tres semanas viviendo con ellos, un domingo que tenía fiesta, coincidí con Glenn y Jane a la hora del desayuno. Me ofrecieron café y huevos revueltos con beicon, y fue la forma de romper el hielo. Mientras comíamos me preguntaron por el trabajo, por el casino en el que estaba, y les conté todo lo que podía saberse. Luego yo también les pregunté a qué se dedicaban. Jane me dijo que no hacía nada, que estaba en el paro, y miró a su marido. «*I'm a loser*», dijo él, adornando la frase con una sonrisa amarga.

Resulta que Glenn se ganaba la vida haciendo chapuzas, encargos bajo mano, favores de pícaro, siempre con algún dólar de propina, pero lo que daba más estabilidad económica a la familia era su puesto de sparring en un gimnasio donde se entrenaban las grandes promesas del boxeo de Las Vegas. Años atrás, él mismo había intentado hacer carrera como boxeador, en la categoría de pesos wélter, pero nunca había llegado a dar el salto al mundo profesional. No obstante, sus entrenadores se habían percatado de que era un sparring de primera, noble y con una gran capacidad para encajar los golpes y no tomárselo personalmente. Hacía unos meses, debido a la crisis, habían cerrado la correduría de seguros en la que trabajaban Jane y él, y de pronto no le quedaba más remedio que volver a subirse al cuadrilátero. Con la diferencia de que esta vez sabía que siempre acabaría perdiendo y se conformaba con su suerte.

–No puedo decir que esta información me sorprendiera –dijo Mike Franquesa esa tarde–, porque en Las Vegas hay de todo, pero sí que desde entonces vi a Glenn con otros ojos. De la noche a la mañana le salieron unos músculos protuberantes que le tiraban del chándal; me fijaba en sus nudillos y relucían como el acero, y su ademán retraído me hacía pensar en alguien que está a la defensiva, siempre a la espera de recibir la hostia definitiva, con perdón de la expresión. De todos modos, su presencia no se volvió amenazadora, involuntariamente amenazadora, hasta unos meses después, cuando Bonany me despidió como aparcacoches. De repente pasaba más horas en casa, en mi habitación alquilada, e inevitablemente Jane y yo empezamos a tontear cuando nos quedábamos a solas. Créeme, no es nada fácil tener un lío con la mujer de un boxeador, por muy perdedor que sea, pero el amor es ciego y hay cosas que la voluntad no controla. Te lo dice un exjugador.

Debí de poner cara de incrédulo ante este giro argumental, o tal vez fuera el acceso de cursilería que implicaba esa declaración, porque Mike quiso aclarármelo enseguida. Al día siguiente de perder su trabajo se levantó cabizbajo y taciturno. Por un desliz lingüístico había perdido la única seguridad económica que tenía en Las Vegas. Le quedaban algunos ahorros, pero se resistía a contar el tiempo que le durarían. Sabía por experiencia que detrás de estos cálculos se agazapaba siempre el fantasma del juego, el deslumbramiento de las fichas sobre el tablero y el dinero cambiando de manos, y se esforzaba por no ceder a la tentación. Así pues, esa primera mañana salió a buscar trabajo sin pensárselo dos veces y recorrió unos cuantos casinos para ofrecerse como aparcacoches o lo que fuera. Estaba dispuesto a limpiar váteres, si hacía falta. Pero en todas partes le pedían referencias y papeles, y él no podía proporcionar ni lo uno ni lo otro. Por la noche, cuando lo vio en casa en horario laborable, Glenn llamó tímidamente a su puerta y le preguntó si estaba bien.

–¿Te lo imaginas? Abro y me encuentro a ese boxeador con cara de buenazo que me pregunta cómo estoy. El día anterior lo habían noqueado en el gimnasio y llevaba un ojo a la funerala que le daba una expresión todavía más abatida que la mía. Tuve que contarle que me habían echado por culpa de un malentendido, pero que era algo temporal y que enseguida encontraría otra cosa. Él intentó animarme diciendo que en el gimnasio no les costaría aceptarme, si estaba dispuesto a recibir unos cuantos sopapos inofensivos. Se ofreció a interceder por mí y a convertirme en aprendiz de sparring. (Es decir, para que nos entendamos, en aprendiz de perdedor.) Con mucho tacto le dije que gracias, pero no.

Mike Franquesa pasó unos días hecho polvo, preguntándose incluso si no habría llegado el momento de volver a Barcelona, pero el instinto de resistencia siempre pudo más que la frustración. Estaba harto de ver la tele, demasiados canales, demasiados concursos que no ayudaban en absoluto a aprender inglés, y ese mismo instinto le decía que debía llenar las horas haciendo ejercicio físico y no pensar tanto. Una mañana, mientras mataba el tiempo en el jardín, se dio cuenta de que había unas herramientas abandonadas en un rincón. Un rastrillo, una pala, unas tijeras de podar que se estaban oxidando... Sin pedir permiso, cogió la azada y se puso a trabajar. El clima de Las Vegas es seco y caluroso, y no permite muchas alegrías florales, pero tenía ganas de transformar ese erial que contemplaba desde su ventana.

–Recuerdo que cuando hacía una hora que me deslomaba tratando de remover la tierra agostada, oí la puerta abriéndose a mi espalda y unos pasos acercándose. Sabía que era Jane y di por sentado que me reconvendría por tomarme tantas libertades. Sin embargo, cuando me di la vuelta, la vi venir hacia mí con una sonrisa en el rostro y una manguera en la mano. Se limitó a explicarme las limitaciones de agua que imponía el ayuntamiento y las virtudes del cactus como ornamento en el paisaje desértico. Por la noche, Glenn también recibió con simpatía mis progresos como jardinero, pero me dejó claro que esos esfuerzos no pagarían mi habitación. «Por supuesto que no», le contesté, «lo hago solo por estar ocupado. Así voy adquiriendo experiencia.»

»Dedicaba al jardín las primeras horas del día, cuando el calor era más llevadero, y luego salía a patrullar la ciudad en busca de trabajo. Ahora añadía en el currículum que era experto en jardinería, paisajismo e incluso botánica, pero los días pasaban y no convencía a nadie. Entretanto, todas las mañanas Jane me llevaba una limonada al jardín y me daba un rato de conversación. Así fue como aprendimos a mirarnos a los ojos sin vergüenza, a cogernos unas confianzas que después, delante de Glenn, reprimíamos por una especie de pudor culpable. Cuando ella volvía a entrar en casa, yo me la imaginaba sentada en el sofá, ensimismada, tal vez buscando consuelo en alguna novela de John Irving en la que el azar sí cambiaba la vida de la gente. Poco a poco, en ese microclima, nuestras fabulaciones fueron perdiendo el miedo. Un cactus demasiado fornido le servía para reírse de la rigidez física de Glenn; un ruibarbo silvestre y enclenque le recordaba al adolescente nihilista que tenía por hijo. Yo la escuchaba y me reía con una complicidad que la hacía sentirse menos sola, y a mí también. Un día le pedí que me dejara buscar en internet consejos de botánica, no recuerdo sobre qué planta. Me hizo pasar al despacho y con algún pretexto me enseñó toda la casa, los espacios que hasta entonces solo había podido imaginar. Otro día me preguntó si sabía arreglar grifos. Había uno en la cocina que goteaba desde hacía días y la ponía de los nervios. Se quedó a mi lado todo el rato, observándome, y la cocina se cargó de electricidad emocional. Ambos estábamos a punto, se notaba en el ambiente, y si no pasó nada, pienso ahora, es porque la escena resultaba demasiado tópica, como de película porno. O tal vez porque no estábamos realmente a punto. Al día siguiente, un comentario sobre la mala suerte que teníamos ambos nos lo puso en bandeja. Jane me preguntó qué signo del zodíaco era, ¡y coincidíamos! Qué día del mes, ¡y por increíble que parezca también coincidíamos! Qué año, no podía ser, y también coincidíamos, claro está. *Jackpot!*

169

Teníamos la misma edad. Habíamos llegado al mundo exactamente el mismo día, y en Las Vegas las coincidencias con números siempre tienen recompensa. Nos enrollamos sin complejos, finalmente liberados, convencidos de que estábamos predestinados para ello, y que no hacerlo habría sido una blasfemia imperdonable ante el dios de las casualidades.

Aunque en este punto Mike Franquesa se mostró bastante prolijo, quizá porque le gustaba revivir el vértigo de esa relación, yo no voy a entretenerme abundando en los detalles del adulterio. Solo diré que los dos amantes vivieron la excitación de la mentira, con los lógicos altibajos, a lo largo de casi cuatro meses. Por la mañana, en cuanto Glenn salía por la puerta, a menudo con la misión de acompañar a su hijo al instituto, Jane y Mike se entregaban a una serie de fantasías tan románticas como metódicas, una vida sexual acelerada que nuestro protagonista recordaba con días cohibidos, de sábanas y pereza, y días de una imprudencia temeraria. Cuando follaban, Mike tenía que ahuyentar la imagen de Glenn entrando por la puerta, vestido de boxeador, con los guantes ensangrentados y dispuesto a hacerle una cara nueva. La imaginación de Jane, por su parte, convertía esos festivales del cuerpo en intercambios terapéuticos, como si también fuesen una consecuencia de la crisis que había torpedeado su vida familiar, y los justificaba apelando al *carpe diem,* expresión que había aprendido en alguna web de autoayuda. Luego la ilusión hacía el resto y ella llamaba a la puerta de la habitación de Mike con el corazón a mil por hora, como una Lady Chatterley visitando a su guardabosque en la cabaña.

–Ahora que estoy lejos y todo ha quedado atrás, sin acritud por parte de nadie –iba diciéndome Mike en el restaurante–, te contaré una interioridad que describe muy bien nuestro grado de desinhibición. Uno de los primeros días, después de haber pasado toda la mañana follando, miré a Jane a los ojos y, tocándome el pecho, le dije: «Yo, Tarzán. ¡Tú, Jane!» Ella se echó a reír. Era una broma que había querido hacer desde el principio, cuando me había dicho su nombre, y ahora me parece que resume muy bien el aire selvático, casi zoológico, de lo que representábamos.

—¿Y cómo se enteró finalmente el marido? No me digas que os pilló in fraganti...

—No, no. Digamos que nuestra aventura siempre se mantuvo en la esfera del misterio. Ya lo he dicho antes: al parecer, en Las Vegas nada puede ser normal. Es como si todo tuviera que resolverse por el fatídico camino de la bancarrota o, como en nuestro caso, por la clarividencia que te hace entender en qué momento debes abandonar el juego. Es una cuestión de intuiciones. Además, resulta que a veces dos hechos arbitrarios pero perfectamente normales se unen para crear otro hecho imposible. Tan sencillo como eso: no se sabe por qué, de pronto una coincidencia se vuelve sospechosa. Un día Jane decidió ir a la peluquería y cortarse el pelo corto, como hacía años que no lo llevaba. Esa misma tarde yo me tomé una de las cervezas de jengibre de Glenn. Hacía calor, se habían acabado mis cervezas y me daba pereza ir al súper. Él tenía un paquete de seis en la nevera. Pensé que no le importaría, que ya se la devolvería al día siguiente. Glenn llegó del gimnasio, abrió la nevera y vio que faltaba una cerveza. En ese preciso instante Jane entró en la cocina tan campante, con su nuevo peinado, preguntándole qué le parecía, y Glenn ató cabos. La misteriosa aritmética de las casualidades. Un exceso de confianza por nuestra parte. De entrada disimuló, elogió el peinado de Jane, «¡cómo te rejuvenece!», y no dijo nada de la cerveza. Por la noche, sin embargo, ella lo notó desorientado, silencioso, distraído, como si calculara las probabilidades de un adulterio. Un momento en que coincidí con Jane en la cocina, los dos solos, me miró con los ojos muy abiertos, arqueando las cejas sin decir palabra, y no me costó descifrar su mensaje: «Creo que sospecha algo.» Al día siguiente todo transcurrió como si nada, y por si acaso pasé muchas horas fuera de casa con la excusa de buscar trabajo. No vi a Jane ni por un instante y, por supuesto, la eché de menos. Por la noche, cuando acababa de meterme en la cama, alguien llamó a la puerta. Me quedé inmóvil. Primero pensé que sería ella, Jane, que tampoco soportaba no verme, pero enseguida me asaltó un presentimiento terrible: ¿y si era Glenn que venía a ajustar cuentas conmigo? Volvieron a llamar, esta vez con más insistencia. Me puse en guardia y, cuando finalmente abrí la puerta, con los puños apretados, todo yo temblaba. Para mi sorpresa, a quien tenía delante era a su hijo. Me doy cuenta de que ni siquiera he dicho cómo se llamaba. Da lo mismo. El caso es que ese chico medio ausente, con el seso nublado por la marihuana, me dio instrucciones para mi propio futuro: «Váyase esta noche, por favor», me ordenó con la seguridad de un hermano mayor. «Desaparezca. Mañana es viernes, finja que se ha esfumado porque no podía pagar el alquiler. Eso mi padre se lo perdonará, pero otra cosa no. Hace años que todos lo pasamos muy mal, no compliquemos más las cosas.» Le hice caso y de madrugada, como un ladrón, puse pies en polvorosa.

—¿Y qué pasó con Jane? –le pregunté.

—Con Jane no pasó nada. Ahí lo tienes. Me fui confiando en que no habíamos llegado a querernos. Que lo nuestro no había sido más que una estrategia para no sentirnos solos. Pero la verdad es que desde entonces, el día de nuestro cumpleaños, pienso en ella y la felicito mentalmente.

Sentado frente a su plato combinado, Mike Franquesa enmudeció unos segundos, como si observara una especie de duelo respetuoso por ese tiempo periclitado, y luego llamó a un camarero y le pidió una ración extra de patatas fritas y más kétchup y mostaza antes de reanudar su relato. Yo lo miraba y lo veía comer con un apetito sistemático, como si se tomara una medicina, sin saborear mucho los alimentos. La cuestión era llenar el estómago.

–Ya lo ves, después de recordar mis devaneos amorosos, tal vez sea un buen momento para contarte mi idilio con las calorías –dijo, y se dio unas palmaditas de satisfacción en el abultado vientre–. Al fin y al cabo fue lo que me salvó la vida y me ha traído hasta aquí. Después de mi fuga nocturna volví al viejo motel Flamingo. Fue como un regreso a los orígenes. Me sentía como recién llegado a Las Vegas, con todo por descubrir pero con la experiencia de aquellos meses para no cometer los mismos errores. Así, en un instante de lucidez comprendí que ese camino pasaba de nuevo por Wilfredo Bonany y, tragándome el poco orgullo que me quedaba, lo busqué en los lugares habituales. El tiempo todo lo cura, me dije, sobre todo en una ciudad en la que el tiempo no vale nada.

»Por suerte, después del fiasco del aparcacoches, Wilfredo aún me valoraba como mano de obra y me ayudó, aunque al mismo tiempo me castigó. Me propuso un nuevo trabajo que era más sacrificado, más sucio, pero que también me permitía ganar más dinero. Se trataba de hacer de lavaplatos y comensal en un restaurante. "Te aseguro que nunca pasarás hambre", dijo, tratando de convencerme para que aceptara el puesto. El restaurante quedaba cerca de una de las iglesias más famosas de Las Vegas, la catedral del Ángel de la Guarda, que atraía sobre todo a arrepentidos, creyentes con la necesidad de confesarse tras noches de sexo y alcohol, y novios entusiastas que se habían casado por un arrebato en el casino y querían reafirmar sus votos ante Dios. En este mundo hay gente para todo. Así pues, el restaurante buscaba este público piadoso y se llamaba, traduzco, Los Panes y los Peces. Por si la referencia bíblica no quedaba bastante clara, su lema era: "Bufé libre cristiano." Estados Unidos está lleno de locos que creen en las cosas y fenómenos más inverosímiles, y en este caso la particularidad era que, como buenos cristianos de no sé qué rama, por no decir secta, los propietarios te aseguraban que allí no se tiraba nada. Es decir, que por un precio razonable te ibas con el estómago lleno y la conciencia tranquila. Todo lo que el cliente dejara en el plato, por estar demasiado lleno o porque no le apetecía, nos lo comíamos entre los tres lavaplatos.

Así fue como Mike Franquesa se convirtió en un glotón profesional. Además de lavar platos y cacharros en la cocina, dos compañeros de trabajo y él hacían turnos para sentarse a una mesa, en un rincón del restaurante, y casi como un reclamo comercial, a la vista de todo el mundo, zamparse lo que había quedado en los platos.

–Cuando entré a trabajar allí –siguió contándome–, yo era un fideo y los otros dos lavaplatos, que ya llevaban un tiempo, dos cachalotes. Me miraron y se echaron a reír. En cinco semanas engordé veinte kilos, créeme, y a partir de entonces dejé de pesarme. Como era un bufé libre, los clientes llegaban y se echaban montañas de comida en los platos. La única condición era que, antes del primer mordisco, el padre de familia tenía que bendecir la mesa. Luego, por suerte, los americanos acostumbran a ser de buen comer y dejaban poca cosa, pero siempre había algún niño rebelde que se negaba a abrir la boca, o la típica aspirante a modelo que comía por los ojos y, después de ponerse esa barbaridad de comida en el plato, le daba cuatro bocados y se declaraba llena porque le habían entrado manías. Una vez superado el asco de los primeros días, aprendí a engullir sin reparos. Rebanadas de pan, triángulos de pizza con un mordisco displicente por muestra, arroz tres delicias y lasaña y guacamole y ensaladas César y mazorcas de maíz y medallones de salmón y alitas de pollo y tiramisú... ¡Todo para adentro!

Solo de oír la lista me sentí empachado y se me revolvió el estómago, pero Mike me indicó con un gesto que no lo interrumpiera.

—Debo decir que en la cocina hacíamos una selección de las sobras y las poníamos en platos limpios. El dueño del restaurante era muy escrupuloso con estos detalles, porque en el fondo tenía una fe religiosa en su negocio. Los huesos sin roer, por ejemplo, no se aprovechaban, faltaría más, ni los cuatro granos de arroz o los trocitos de pescado o las estelas de las salsas en los platos. Se establecía un límite, y ese límite era el de la dignidad humana. En ningún momento nos sentimos como ratas de vertedero, ni tan siquiera como vagabundos en un comedor social, sino que cobrábamos por llenarnos el buche.

»Lo que nos preocupaba, si acaso, eran los cocineros. Había un hindú que preparaba platos demasiado picantes y especiados, y otro medio francés que echaba nata a todas las salsas. Con el régimen que nos imponían los caprichos diarios de cocineros y clientes, nuestras digestiones eran imprevisibles y éramos esclavos del bicarbonato. A la larga, claro está, tanto trasiego te cambiaba el humor. Pese a cobrar un sueldo decente, tener el estómago lleno y bastante tiempo libre, poco a poco los días se fueron volviendo anodinos, insulsos como un plato de arroz hervido. Por eso una noche, al salir de trabajar, cansado de tanta monotonía, cedí por fin a la tentación y entré de nuevo en la sala de juego de un casino, esta vez con la cartera más o menos llena de dólares.

—Supongo que era inevitable —dije yo—. Pero todavía no entiendo cómo te las apañaste para salir airoso del trance. O eso o llevas todo este rato engañándome y ahora vas a pedirme dinero.

—No me ofendas —replicó él, amenazándome con una patata frita, y sonrió mientras la mojaba en el kétchup y se la llevaba a la boca, saboreando el placer de contarme aquella historia—. Recuerdo que el casino era el Paris-Las Vegas —dijo—, y ya te lo imaginas: esa primera noche me eché en brazos de la ludopatía y no tardé en perder todo el dinero que llevaba encima. La paga de la semana. Seis días fregando platos y cacharros, pero sobre todo engullendo kilos de pollo al curry (por entonces el cocinero hindú acababa de volver de unas vacaciones en su país y combatía la nostalgia con el picante). Además, los casinos de Las Vegas van a por todas y el límite de la apuesta es mucho más elevado que en Barcelona, lo que quiere decir que ganas o pierdes más deprisa. Cuando me di cuenta de que no me quedaba ni un dólar, me entraron arcadas y salí a vomitar a la calle, al pie de una palmera decorativa. De pronto me sentí vacío como no me había sentido desde hacía meses, pero no era una sensación agradable, huelga decirlo. Levanté la vista, observé el espectáculo a mi alrededor y, por primera vez desde que había llegado, me vi como un andrajoso, un desharrapado, un miserable. Podrían haberme contratado como extra en el musical que se representaba en un teatro cercano. Como tantos otros que recorrían las aceras de la ciudad, me había sumado al ejército de espectros que vagaban perdidos a todas horas, siempre en busca del último dólar para jugar, siempre a la espera de una oportunidad que les brindara

176

unas horas más de esperanza. Viajantes consumidos por las deudas; viudas varadas en ese bancal de arena y fantasía; jubilados y parados y jóvenes sin oficio, perdedores de todas las etnias y colores que antaño habían perseguido un sueño y ahora ya solo buscaban un contacto con la realidad en forma de ruleta, naipe o *jackpot*. Los veías saliendo de las casas de empeño en chándal, flácidos como si fueran invertebrados, arrastrando los pies tras haber malvendido un reloj, un aparato para hacer pesas o un autógrafo plastificado de Cher que atesoraban desde hacía años...

»Al verme como ellos, mi primera reacción fue acabar con todo de una vez. Era fácil, solo tenía que subir a la torre Eiffel que había en el casino, casi tan alta como la original, y tirarme desde allá arriba. Un suicidio vagamente romántico desde una imitación, aunque mi muerte sería de lo más real.

En vez de ese destino, tan trágico como ridículo, Mike tomó una decisión que a primera vista puede parecer terrible, pero que a la larga le salvó la vida. En sus propias palabras, buscó «financiación» para su obsesión por el juego.

–Conviene explicarlo –dijo llegados a este punto–. Una de las cosas que aprendí trabajando como aparcacoches es que en Las Vegas nadie se preocupa por su aspecto, excepto quienes están trabajando. Los uniformes son la marca que distingue el oficio del beneficio, los clientes de los que mantienen el negocio en marcha, y yo me había acostumbrado a llevar siempre unos pantalones bien planchados y una americana a juego. El consejo me lo había dado de forma indirecta el armenio silencioso, que en cierta ocasión había abierto la boca para sentenciar que los uniformes atraían las propinas. Y era cierto; esa noche de la recaída me planté junto a una de las entradas del casino, fingiendo que coordinaba a los aparcacoches, y no tardó en caerme una propina. Y luego otra. En poco tiempo había reunido cien dóla-res, la apuesta mínima en la mayoría de las mesas, por gentileza de unos cuantos clientes desprendidos. Entonces me quité la americana, entré en el casino, cambié el dinero por fichas y volví a jugar...

—Deja que lo diga yo: y ganaste. —Hice una pausa dra-mática, para que él la llenara con una carcajada, pero Mike me fulminó con la mirada—. No. Volviste a perder.

—Exacto, me desplumaron otra vez. Pero eso no impor-ta, fíjate. El caso es que después de perderlo todo en diez minutos, como un jugador novato, fui incapaz de reaccionar. Fascinado por aquella quimera, observé el baile de la ruleta, el terciopelo verde, los números y las fichas, las manos que revoloteaban de aquí para allá. Al volver la vista atrás pien-so que fue como si siguiera en Barcelona, aquel verano de la derrota final, como si no hubiese pasado ni un día. Luego me fijé en un jugador sentado en el extremo de la mesa, un rubio atlético y pagado de sí mismo; lo acompañaban tres chicas espectaculares que aplaudían y reían cada vez que acertaba. Las fichas que había ganado se apilaban ante él como edificios de una pequeña ciudad de colores, cautiva-dora, y de pronto sentí una profunda envidia de ese tipo. No me caía bien, y ya sé que era un sentimiento de lo más arbitrario, pero entonces, de forma casi instantánea, empe-zó a perder sin parar. En poco rato lo perdió todo y noté que, mientras él se desinflaba, yo me iba animando por den-tro. Incluso me entró hambre. Cuando el rubio se levantó y se fue, seguido con desgana por las tres chicas alicaídas, me acerqué a otra mesa. Un matrimonio de origen chino estaba sentado en silencio, jugando meticulosamente. Pare-cía que decidieran cada apuesta tras un largo cálculo mental y telepático. Sus ganancias, en este caso, también me hacían la boca agua, y cuanto más me concentraba en sus gestos hieráticos, más perdían ellos. Los desplumé, por así decirlo, y lo mismo sucedió en dos mesas más. Yo no ganaba, pero hacía perder a los demás. De pronto se me acercó un vigilante y me pidió que lo acompañara. «¿Qué he hecho?», pregunté, pero no me contestó. Me llevó ante un señor todavía más elegante que me dijo: «Hemos estado observándolo desde la sala de control. Usted, caballero, es un *cooler.*» Alguien que enfría. Como no entendía nada, le pedí que se explicara. «Tiene usted un don rarísimo, señor mío, su aura de mediocridad hace que las mejores rachas se desvanezcan y que los clientes más afortunados pierdan sistemáticamente. Tiene usted que trabajar con nosotros.»

Después he sabido que en Valencia llaman *cremaor* a estos gafes de casino y juegos de cartas. Es decir, en Las Vegas los individuos como Mike Franquesa enfrían el juego y en Valencia lo queman, pero siempre se las arreglan para desviar el curso de la suerte. Al día siguiente, tras la revelación, Mike dejó su puesto como lavaplatos y comedor profesional y entró a trabajar en el casino como *cooler.* De todos modos, siguió frecuentando el bufé libre cristiano. No porque fuera muy creyente, sino porque no tardó en comprender que esa habilidad para conjurar la suerte ajena iba aparejada a su propia buena vida. En cuanto adelgazaba un poco, perdía eficacia. Todo esto me lo contó, como he dicho ya, una tarde de verano mientras comía a dos carrillos antes de entrar a trabajar en el casino de Barcelona.

–Debo de ser el primer *cooler* profesional de Cataluña –me dijo sin ocultar su orgullo–. Tarde o temprano todos descubrimos qué papel nos ha tocado interpretar en el teatro de la vida.

LA PACIENCIA

Estaba en una cafetería, en la estación de tren de Luxemburgo, y acababa de comer un bocadillo acompañado de una Coca-Cola. Pedí la cuenta y quise pagar con la tarjeta de crédito. El camarero trajo el datáfono, pasó la tarjeta y me pidió que introdujera el número secreto. Entretanto él dirigió la vista por unos segundos hacia un punto inconcreto del espacio. Todos los vendedores y camareros lo hacen: miran al infinito para respetar la discreción y conceder cierta privacidad al cliente. Los hay que disimulan poco y vuelven el rostro, como asqueados o movidos por un ataque de timidez, pero también los hay que se entregan a una ensoñación personal, cierran los ojos tres segundos, contemplan un horizonte imaginario y no regresan a la realidad hasta que la máquina emite algún tipo de señal sonora. Quizá tendríamos que referirnos de algún modo a ese punto inconcreto y breve que es como un punto de fuga mental, tal vez podríamos llamarlo Tombuctú, o las quimbambas... El caso es que tecleé el número secreto mientras el camarero de Luxemburgo se perdía en su punto de fuga orientado al sur, en dirección a Marsella o más abajo, vete a saber, y de pronto en la pantallita de la máquina apareció una frase

181

en francés: «*Veuillez patienter.*» ¿Cómo lo traduciríamos?, pensé. Lo más lógico sería: «Espere un momento» o algo por el estilo, pero en el fondo lo que me llamaba la atención era el verbo *patienter*. En castellano no existe, creo, solo está el contrario *impacientar,* pero si las pantallas de las máquinas dijeran: «Un momento, no se impaciente», nos lo tomaríamos como un reproche, como si de entrada ya estuviéramos inquietos o irritados porque la cosa no avanza y nos hace perder el tiempo. Me consta que para los franceses «*veuillez patienter*» es más suave, como una frase hecha que no te tomas a la tremenda, que a lo mejor ni siquiera lees. Ah, espero unos segundos, de acuerdo, faltaría más.

Todo esto cavilaba mientras esperaba el tren en el andén. Iba hacia Nancy para prestarme a un juego literario en forma de encargo. Era la propuesta más extraña que me han hecho nunca como escritor, o tal vez la segunda más extraña. Se trataba de ir a cenar a casa de unos desconocidos, en compañía de más invitados, y luego escribir un texto a partir de la experiencia o de las conversaciones que surgieran durante la velada. No eran desconocidos elegidos al azar, como si tuviera que llamar a una puerta cualquiera y decir que iba a cenar, sino que las personas que me habían hecho la propuesta se habían encargado de seleccionarlos. Eran anfitriones que gustaban de hablar, escuchar y debatir, que sentían interés por la literatura y que a su vez podrían contarme cosas de Nancy o de lo que les apeteciera.

Más allá del misterio de colarse en casa de unos desconocidos y compartir unas horas con ellos a sabiendas de que seguramente no volvería a verlos nunca más, a menos que se produjera un hecho inesperado que alterase nuestras vidas –pero eso no suele pasar–, lo que más me intrigaba era de qué forma se filtraría todo aquello en una narración. A mi entender hay dos tipos de narradores: los cazadores y los pescadores. Los cazadores salen a buscar la materia literaria, se adentran en territorios inexplorados y aguzan los sentidos para dar con una historia, un personaje, un hilo del que tirar o una revelación que les abra el camino de la palabra, casi como los caballeros medievales que se calzaban la armadura, se montaban en el caballo y salían a la aventura. Luego están los narradores pescadores, que se sientan a la orilla de un río y echan la caña. Inmóviles, se arman de paciencia y esperan que los peces piquen el anzuelo. Si la historia no les pasa por delante, contemplan la vida y llenan el tiempo de espera con la imaginación y el pensamiento, y al final puede pasar que la pesca sea casi una excusa para narrar todo lo que les rondaba por la cabeza.

Yo no sabría decir qué clase de narrador soy. A veces salgo a cazar sin detenerme ante nada y a veces, quizá más a menudo, me quedo quieto e intento pescar. Pensaba todo esto yendo en el tren, y me di cuenta de que en ese momento estaba haciendo ambas cosas a la vez: iba hacia algún lugar, en busca de una historia, y al mismo tiempo permanecía inmóvil, observando el paisaje. Lo que se veía desde la ventanilla, dicho sea de paso, era bastante monótono. Llanuras verdes de la Europa central, campos recién segados, ríos caudalosos, bosques y campanarios en lontananza que, con el sol de la tarde, se saturaban de color. De vez en cuando el tren se detenía en una población mediana –Bettembourg, Thionville, Hagondange–, y cuando hacía casi una hora que avanzábamos a buen ritmo, entramos en Metz. Dejamos atrás un polígono industrial y nos adentramos lentamente en el núcleo urbano, y si lo menciono es porque de pronto me fijé en una profusión de tiendas de campaña y chabolas hechas de tela y cartón. Una ciudad en miniatura improvisada dentro de otra ciudad. Se apreciaba movimiento, sobre todo de mujeres que se sentaban en corro o trajinaban de aquí para allá. Parecían haberse instalado en el aparcamiento posterior de un centro comercial, junto a la zona de carga y descarga.

—Los refugiados de Blida —me dijo un vecino de compartimento. Me veía abstraído, mirando por la ventanilla, y era como si contestara a mis pensamientos—. Hace unos meses la policía ya desmanteló este campamento, pero poco a poco han ido volviendo.

—¿Son sirios? —pregunté.

—No, que yo sepa son en su mayoría albaneses y kosovares. Vienen de los países balcánicos. Quieren papeles, claro está, y esperan. Semana tras semana, hasta que el gobierno pueda alojarlos en algún sitio. Confían en que todo se solucione antes de que llegue el frío, en otoño.

Cuando iba a preguntarle por el ayuntamiento, y por la reacción popular, entramos en la estación de Metz. Yo tenía que cambiar de tren y perdí de vista a mi informador. Diez minutos después me instalé en un nuevo compartimento. El vagón iba bastante lleno y, cuando el tren ya arrancaba, entraron dos chicas y se sentaron junto a mí. Tenían unos veinte años e iban vestidas a la moda, con vaqueros ceñidos y blusas de marca. Una de ellas, la que se sentó frente a mí, sacó del bolso un kit de maquillaje. Tenía la mirada vidriosa y los ojos hinchados de haber llorado.

—¿Has cerrado la puerta con llave? —preguntó de pronto a su amiga. Aunque lo dijo en francés, le noté un fuerte acento inglés. Supuse que era estadounidense.

—No —contestó la otra—. Eras tú quien tenía las llaves, ¿no?

Rompieron a reír las dos. Compartían un zumo de naranja y se pasaron la botella. La chica que tenía enfrente se palpó los bolsillos y comprobó que, en efecto, las tenía ella. Entonces reanudaron la conversación. Ninguna de las dos estaba convencida de haber cerrado la puerta con llave. Entre las prisas y la emoción de la partida, alcancé a entender, era probable que se hubiesen olvidado de hacerlo.

—He dejado la maleta y las bolsas en la entrada —dijo la más preocupada mientras se retocaba la sombra de ojos—. Si alguien se da cuenta de que está abierto, solo tiene que dar tres pasos, cogerlo todo y llevárselo. Así de sencillo.

—No es tan fácil, mujer. Desde fuera la puerta parece cerrada con llave —trató de tranquilizarla su amiga, y cambió de tema—: Y al final qué, ¿cómo ha reaccionado él? Vuelve a contármelo.

—Nada. Me ha dicho que en verano vendrá a verme a Cleveland, pero yo ya sé que no lo hará. Estas cosas se dicen pero luego todo queda en nada. Eso sí, cuando ha visto que me echaba a llorar... —Calló unos instantes—. Yo creo que tenemos que volver. Es muy arriesgado.

A mi lado, su amiga resopló, contrariada.

—¿Y qué pasa con Nancy? ¿Cuándo iremos?

—Tenemos tiempo. Volvemos a casa, cerramos bien la puerta y cogemos el próximo tren. En total no perderemos más de una hora.

—Yo creo que has cerrado bien la puerta. Vamos a ir hasta allí para nada. ¡Nos dará una rabia cuando lleguemos y veamos que ya estaba cerrada! Con las pocas horas que te quedan en Francia, como para andar malgastándolas...

Siguieron discutiendo diez minutos más, el rato que tardamos en llegar a la siguiente estación, y luego se bajaron del tren. No me dijeron adiós ni nada, como si yo no estuviera presente. Tampoco me quedó claro qué iban a hacer a Nancy, si era importante o no. Por unos instantes me pareció que tenía algo que ver con otro novio, y con no sé qué dinero, y debo decir que estuve a punto de intervenir en la conversación para preguntarlo. Si lo hubiese hecho, me habría convertido en un escritor cazador allí mismo, y creo que me resistí porque aún no era el momento. Ni siquiera había llegado a Nancy y no quería parecer un depredador, alguien que anda desesperado por pillar una buena historia cuanto antes. Cuando el tren volvió a arrancar me fijé en las dos chicas, que avanzaban por el andén. Una, la de Cleveland, llevaba la botella de zumo de naranja en la mano. Me vio en la ventanilla y nuestras miradas se cruzaron unos segundos, y entonces se quedó paralizada, como si recordara algo, e hizo una mueca de sorpresa que el movimiento del tren congeló. La perdí de vista. En el asiento de enfrente, olvidado, estaba su estuche de maquillaje.

Mientras escribo estas líneas tengo el estuche delante. Me lo quedé. Un trofeo inútil. Es alargado y estrecho y contiene todo lo que cabría esperar. Sombra de ojos y polvos para la cara e incluso un espejito. Cojo el pintalabios, de un rojo kétchup, lo abro. Ahora podría contar que me pinto los labios y me gusta, y me gusto, y de pronto mis labios se reflejan en el espejito y pongo boquita de piñón y pienso que no soy yo, que soy otra biografía, incluso la de la chica estadounidense impaciente y triste. O bien que, cuando el tren llegó a Nancy, descubrí que dentro del estuche había una tarjeta con un teléfono, y llamé y era un club de striptease, o había una foto de la chica con un chico, o incluso un anillo de compromiso que parece de bisutería... Enseguida se me abre un mundo de posibilidades, y serían más todavía si añadiera a la historia los refugiados de Metz que vi desde el tren. Al fin y al cabo vivían en la misma ciudad que la chica, estaban de paso como ella, habían metido toda su vida en una maleta... Pero entonces me digo que debo tomármelo con calma.

Ya en el hotel de Nancy, subí a la habitación a deshacer la maleta. El entorno y el ritual, los gestos que todos hacemos al entrar en una habitación de hotel, me hicieron sentirme como alguien acostumbrado a esa vida nómada, un viajante. Me di cuenta de que quizá fuera eso lo que me pedían, que fuera un viajante de historias, con la diferencia de que yo no iba a venderlas, sino a comprarlas. Para combatir esta desazón, guardé en un armario la poca ropa que llevaba y dejé sobre el escritorio un par de libros y una carpeta. Me esforzaba por imprimir cierta personalidad a la habitación, debía habitarla. Fui al baño y luego me tumbé en la cama para comprobar la calidad del colchón y, sobre todo, la esponjosidad de las almohadas. Siempre lo hago.

Allí tumbado, mientras se le cerraban los ojos, el hombre recordó un pasaje del *Libro del desasosiego* de Fernando Pessoa, ese que dice: «Solo quien no busca es feliz; porque solo quien no busca encuentra.» Se trataba, por tanto, de no buscar nada, y cuando se despertó de esa siesta tardía salió a la calle con ese espíritu. Eran las seis de la tarde y en Nancy el sol ya se ponía.

Esa noche aún no tenía ningún compromiso para cenar, iba por libre, y con la misma sencillez con la que un narrador puede cambiar de la primera a la tercera persona, echó a andar por la ciudad. Entre la documentación que le habían dado los organizadores había un mapa de Nancy. Lo consultó brevemente, decidió que avanzaría en dirección oeste, hacia el casco antiguo de la ciudad, y luego lo guardó en el bolsillo de la chaqueta.

Días atrás, en Barcelona, una amiga francesa le había hablado de la discreta belleza de Nancy, de las fachadas modernistas que aparecían de pronto en rincones inesperados.

Le recomendó que no se perdiera la contundente nobleza de la plaza Stanislas, con sus puertas doradas, sus adoquines centenarios y sus terrazas tan agradables, repletas de visitantes. Él, sin embargo, la evitó conscientemente. Cuando veía que al cabo de la calle se intuía una plaza amplia, el runrún de la gente, cambiaba la orientación de sus pasos. Como no le habían dado la dirección, a ratos jugaba con la idea de que cualquiera de esas casas podía ser su destino del día siguiente, cuando fuera a cenar con los desconocidos. Podría llamar a una puerta escogida al azar y fingir que se había equivocado de día. Entonces esos desconocidos todavía más desconocidos, es decir, sin ninguna perspectiva de conocerlo, le dirían que se había equivocado no de día, sino de lugar, porque ellos no esperaban a nadie, y tal vez lo hicieran pasar, pero lo más probable es que le dijeran adiós con un gesto desganado porque había interrumpido no se sabe qué.

Estos escenarios imaginados lo atraían y mortificaban a partes iguales. No podía evitarlos y al mismo tiempo le pesaban como si hiciera trampas. El ejercicio de no buscar nada lo llevaba a la inmovilidad total, pero para eso más habría valido quedarse en la habitación del hotel, viendo las noticias en la televisión. Llevaba media hora caminando sin rumbo cuando llegó a una plaza con un surtidor y una estatua ecuestre en el centro. Era una plaza tímida, quizá por hallarse a la imponente sombra de una iglesia neogótica, y tenía el extraño nombre de Saint-Épvre. También allí había tres o cuatro terrazas, pero se veían desordenadas y los clientes tenían pinta de ser habituales, vecinos del barrio. Se sentó frente a una *brasserie* y pidió una jarra de vino y una *quiche lorraine* con ensalada. Desde allí veía una pastelería, con el trasiego habitual de un viernes a última hora, una agencia de viajes cerrada y una florista que ya empezaba a recoger su puesto. A su lado, un señor tomaba una cerveza y leía *L'Est Républicain*. De vez en cuando levantaba la cabeza y saludaba a algún transeúnte. Lo hacía con una elegancia que parecía ensayada, como si con el rabillo del ojo estuviera más pendiente de la gente que del periódico. Desde su mesa, el escritor seguía esta comedia con admiración. Todo tenía un aire cotidiano. Los coches, los transeúntes y las palomas se conducían con una calma armoniosa, como si estuvieran en un decorado de cine, y casi esperaba que un director situado fuera de cuadro gritara: «¡Acción!» Le dio un sorbo al vino y lo paladeó a conciencia, como si, actuando él también, pudiera ahuyentar esa idea espuria de su cerebro.

De un modo muy natural, durante su estancia en Nancy regresó más veces a la plaza Saint-Épvre. Hasta se sentó en dos ocasiones en la misma silla. Aunque iba a horas distintas, buscaba la sensación de una rutina repetida. Quería que los camareros lo reconocieran, y su victoria íntima fue que el último día, cuando se acercaba por la acera, el hombre que leía *L'Est Républicain* levantó la vista del diario y lo saludó moviendo la cabeza.

Al día siguiente se levantó con otra predisposición. Cuando pasas la noche en una ciudad nueva, al despertarte es como si ya fuese un poco más tuya. Puesto que tenía todo el día libre –la cita para cenar con los desconocidos no era hasta las siete de la tarde–, decidió que seguiría paseando por Nancy sin el mapa. Cruzaría el puente sobre la vía del tren, se acercaría al paseo del río, entraría en la catedral. Se relacionaría con la ciudad a través del banal callejeo, cosiéndola a retales, como si un detective siguiera sus pasos y quisiese convencerlo de que no buscaba nada. Rehuía mentalmente la palabra «azar».

Mientras desayunaba en el comedor del hotel oyó una conversación en la mesa de al lado: dos chicas hablaban de literatura, de las novelas que habían leído últimamente y de una escritora a la que no soportaban. De pronto, se oyó un estrépito. En otra mesa, un señor cayó al suelo cuando iba a sentarse. En realidad, se le había roto la silla, un diseño demasiado frágil para su peso. Él lo ayudó a levantarse y recogió del suelo dos libros de bolsillo, de la colección Folio, y un fajo de hojas arrugadas cuyo contenido espió de reojo: eran apuntes para una charla sobre la obra de Marie Darrieussecq. Más tarde, en la calle, esta sensación de complot literario se hizo más intensa aún. Parados en un semáforo, dos jóvenes discutían sobre el valor de la poesía simbolista hoy en día. Muy cerca de la *brasserie* L'Excelsior le pareció reconocer al escritor James Ellroy cruzando la calle cabizbajo, como si huyera de alguien (lo reconoció porque llevaba una camisa de estampado hawaiano). Al pasar por delante de la librería L'Autre Rive comprobó que no cabía ni un alma en su interior. Al fondo del local, una chica leía en voz alta. Las casualidades se repitieron a lo largo de toda la mañana. Se refugió en un café y descubrió que el camarero hablaba en versos alejandrinos, como un Victor Hugo en la Lorena actual. Era el mundo al revés, una confabulación destinada a apearlo de su callejeo, y se obligó a recordar que él no estaba desesperado ni buscaba nada.

Caminando por inercia, abrumado por este exceso de señales literarias, fue a parar sin querer a la plaza Stanislas, y entonces lo entendió todo. En un extremo de la señorial explanada, unos plafones informaban de que ese fin de semana se celebraba en Nancy un importante festival literario. «Más de doscientos escritores invitados», anunciaba una banderola. A la entrada de varios edificios la gente hacía cola para escuchar a sus autores preferidos, comprar libros y pedirles que los firmaran.

Ante semejante panorama, el primer impulso de Felipe Quero –ya va siendo hora de que le pongamos nombre– fue dar media vuelta y desaparecer. ¡Allí sí que se sentiría como un viajante de comercio! Además, semejante entorno no podría aportarle inspiración de ninguna clase: no soportaba las narraciones protagonizadas por escritores. Como lector, le parecían alejadas de la realidad, anecdóticas y autocomplacientes; como autor, si intentaba escribir sobre las trifulcas y chismorreos de su gremio se sentía en falso, desnudo.

Este hallazgo abrió una grieta en su autoestima, porque a ver, ¿cómo podía ser que los organizadores no le hubiesen mencionado siquiera el festival literario? Una punzada en el orgullo lo puso en guardia. Su nombre no estaba entre los doscientos escritores invitados, y de pronto tuvo un presentimiento: ¿y si la cena era una excusa para burlarse de él? Los franceses son muy capaces de orquestar semejantes tejemanejes... Cabía la posibilidad de que la invitación ocultara una artimaña para convertirlo en materia literaria, una broma de mal gusto. Tenía que andarse con ojo.

Herido y apesadumbrado, cavilaba sobre todo esto y se disponía a abandonar la plaza, pero con cada paso se le hacía más evidente una ligereza física que no era habitual en él. No llevaba maletín, nada que le estorbara, y mientras se metía las manos en los bolsillos, alegremente, comprendió que en esa feria de las vanidades nada lo delataría como narrador. Podía pasar completamente inadvertido. Así, entró en una de las carpas, llena de gente, y se paseó entre los puestos de libros. Detrás de las mesas, los escritores esperaban que se les acercara algún lector a pedirles una dedicatoria. Muchos parecían aburrirse, hacían acopio de paciencia y disimulaban la desgana hojeando algún libro de su propia editorial (una hora más tarde no recordarían ni el título).

Felipe Quero los escrutaba sin disimulo, como alguien que está al otro lado del espejo, y esta actitud de agente doble le infundió más confianza. Cuando se cansó de mirar escritores, salió por el otro extremo de la feria, cerca del parque de la Pépinière, y se metió por una calle que, según sus cálculos, lo llevaría a la plaza de Saint-Épvre. Sin embargo, debió de desviarse sin querer, porque llegó a una puerta medieval por la que antiguamente se accedía a la ciudad, la puerta de la Craffe. La franqueó para admirar su carácter majestuoso y amenazador y, estando ya al otro lado, se fijó en una curiosa pareja. Un hombre y una mujer de unos buenos sesenta años, quizá jubilados. La mujer observaba el edificio mientras él le sacaba una foto. Felipe Quero se dio cuenta de que había algo extraño en esa combinación: al hombre no parecían interesarle las dos torres ni la gran estructura de defensa, sino la figura de su mujer contemplando el conjunto. Como si la puerta de la Craffe solo tuviera algún valor mientras ella la observaba, justamente porque ella la observaba. Felipe se alejó de la escena y bajó por la calle principal, flanqueada por tiendas que ofrecían toda clase de reclamos turísticos. Al cabo de un rato, sin embargo, volvieron a coincidir. Ahora la mujer admiraba el palacio de los duques de Lorena, la fachada de piedra blanca, los balcones de estilo gótico, y el hombre la inmortalizaba en el acto de contemplar el monumento. Esta segunda vez se percató de que ella era perfectamente consciente de la fotografía y adoptaba una pose concreta. Los unía una voluntad de jugar, una actitud tal vez rebuscada e incluso perversa y, por primera vez desde que había llegado a Nancy, Felipe tuvo la impresión de que valía la pena tirar de ese hilo narrativo. Se detuvo a observarlos con discreción. Dudó si seguirlos o no, pero entonces la pareja entró en una pastelería y él se lo tomó como una señal para dejarlos en paz.

Unos metros más allá se dio cuenta de que ya estaba llegando a la plaza Saint-Épvre y se sentó a descansar en la misma terraza de la víspera. Mientras tomaba una Perrier se dijo que debería haber tenido más paciencia, más calma a la hora de explorar el misterio de esos dos paseantes, y justo entonces volvieron a entrar en su campo de visión. Vio a la mujer detenerse ante la estatua ecuestre del duque de Lorena, Renato II, y mientras ella lo miraba con un interés excesivo él le sacó un par de fotos. La broma se alargó durante un buen rato, el suficiente para que Felipe cogiera el teléfono móvil y les hiciera una foto sin que se dieran cuenta.

A las seis y media de la tarde, tal como había quedado con los organizadores, un taxi fue a recogerlo al hotel para acompañarlo a la cena. Mientras circulaban por las calles y rotondas de Nancy en dirección a un barrio menos céntrico, Felipe Quero miró la foto que había tomado a mediodía con el móvil. El ángulo un poco sesgado le confería un aspecto furtivo, como de juego de espías, y subrayaba la extrañeza de los gestos de la pareja, cuyos rostros, sin embargo, quedaban medio ocultos. Intentó ampliar la imagen en la pantalla, pero fue en vano. La mujer había vuelto la cabeza y el hombre se tapaba con el brazo que sostenía la cámara. Con esas dos fisonomías borrosas, se dijo entonces, la pareja lo tenía todo para convertirse en una ficción. No le fue difícil intuir que probablemente en la cena habría alguna pareja que se adaptara a ese perfil.

He aquí su misión, por tanto, a la que se entregó no bien lo recibieron sus anfitriones y él les agradeció la invitación.

En total, le dijeron, esa noche serían diez personas. Los anfitriones eran una pareja de marroquíes simpáticos, atentos y de una calidez que te hacía sentirte como en casa. Él, Karim, era cocinero y tenía un restaurante; esa noche les había preparado una cena con ingredientes de su país. Chaymae, su compañera, era profesora de Filosofía en la universidad. De ojos vivos y sonrisa franca, enseguida le contó que había leído su última novela y le había gustado mucho, lo que lo envaneció para toda la velada. Lo invitaron a salir al jardín, donde se serviría el aperitivo, y le fueron presentando a sus amigos invitados. Había una bibliotecaria, un músico tunecino que tocaba el *ud* –una especie de laúd de la cultura árabe–, un abogado y un sociólogo que parecían muy discretos y bien avenidos, y una pareja que Felipe Quero imaginó al instante que podría encarnar a sus dos desconocidos: de mediana edad, un poco altivos, ella se dedicaba a hacer retratos realistas pero con un estilo sucio –había uno de Chaymae colgado en el salón–, y él era un crítico de arte especializado en falsificaciones.

Mientras daba conversación a la pareja, para calibrar si encajaban con el fotógrafo y la modelo de la mañana, contó mentalmente a los invitados. Le salían nueve. Entonces sonó el timbre y Chaymae fue a abrir la puerta. El décimo invitado era otro escritor, un catalán llamado Jordi Puntí, y Felipe Quero lo miró con un poco de aprensión. Reconocía su nombre, pero no había leído sus libros, y en esos primeros instantes le pareció demasiado agradecido en su trato con los anfitriones, casi untuoso. Él se había mostrado más comedido, incluso un poco distante, y ahora se arrepentía por comparación. Oyó cómo Chaymae le decía también a Puntí que había leído su última novela traducida, y esa coincidencia hizo que montara en cólera para sus adentros. ¿Eran imaginaciones suyas o Chaymae se lo comentaba con

194

más entusiasmo? De pronto le asaltaron todas las dudas: a lo mejor sí que era un muñeco de feria, un personaje secundario al servicio de ese otro narrador... Se acercó a Puntí, lo saludó y, sin demasiada sutileza, le preguntó por su presencia allí. Entonces todo se aclaró: meses atrás, el escritor catalán había coincidido con el crítico de arte en Hamburgo, en un encuentro cultural, y se habían hecho amigos. Ahora, aprovechando que ese fin de semana participaba en el festival literario de Nancy, lo había llevado a la cena.

—Ya me han dicho que eres el invitado de honor y que todo esto forma parte de un proyecto literario —añadió Puntí—. Te felicito. Yo sería incapaz.

—¿Por qué?

—Me parece muy difícil eso de escribir por encargo. Me agobiaría. Yo tiendo a la dispersión. ¿Ya sabes sobre qué vas a escribir?

—Tengo algunas ideas... —insinuó Felipe Quero, prolongando la incertidumbre con esos puntos suspensivos.

La conversación lo relajó. Durante los primeros minutos se había percatado de que los demás invitados lo veían como un cuentacuentos a domicilio, alguien que debía amenizarles la velada. Como estaban en Francia, sin querer se imaginaba en una especie de salón literario del siglo XIX, con levita y pipa y opiniones muy contundentes o muy sibilinas, pero entonces se esforzaba por recordar que él había ido hasta allí sobre todo a escuchar. El tiempo diría si sacaba algo de esa reunión, si conseguía pescar o cazar alguna pieza. Bien mirado, hasta la pareja de las fotos se convertía en una anécdota, un relato secundario que tal vez —eso aún estaba por decidir— no tendría más recorrido.

Una vez sentados a la mesa, esta actitud receptiva se hizo más palpable. La cena estaba deliciosa y el vino tinto relajaba las convenciones. Karim había preparado una sopa de pescado, seguida de un tayín de pollo con ciruelas y dátiles. Esos sabores tan intensos y a la vez refinados los llevaron a hablar de la conexión mediterránea, de la vida hedonista que los habitantes de la Europa central solo cataban cuando se iban de vacaciones al sur. El músico tunecino se refirió a las melodías folclóricas y populares que viajaban por todo el Mediterráneo, como un nexo de unión cultural, y entonces Karim suscribió sus palabras haciendo referencia a la nuba andalusí.

—Es la música de la paciencia —dijo, y Felipe levantó la vista del plato.

Karim y el músico explicaron que la nuba proviene del norte de África, del Magreb, y que incorpora la influencia de la cultura andaluza y el flamenco. Según la tradición, hay veinticuatro composiciones originales o *nubat,* una para cada hora del día, y duran exactamente eso, sesenta minutos, de modo que el ciclo completo es de veinticuatro horas. Se toca con diversos instrumentos de percusión y cuerda, como el *ud,* y se acompaña con un coro de voces. Hoy en día es casi imposible oír una nuba completa, pero sí que se hacen sesiones de nueve o diez horas que el público sigue sin perder el interés, pero abandonándose a los vaivenes de la propia experiencia.

—Es una música que va creciendo en tu interior mientras la escuchas —reveló el músico tunecino—, algo que avanza de un modo constante y siguiendo unas normas de aceleración que cambian según la región. Luego puedo tocaros alguna muestra...

Todos asintieron y, con el té verde y los postres —berenjena dulce, pastas de pistacho—, la conversación se fragmentó en grupos reducidos. Desde un extremo de la mesa, Felipe Quero iba aguzando el oído, saltando de un comentario de la bibliotecaria sobre Hannah Arendt a otro del abogado sobre los tomates que se encuentran en los mercados franceses o escuchando de labios del crítico de arte de Hamburgo las gestas de uno de los falsificadores más importantes de Alemania, un tal Wolfgang Beltracchi, mientras el abogado interrogaba a Puntí sobre la situación política en Cataluña, momento en que el músico tunecino aprovechaba para meter baza recordando que el himno de España era una copia descarada de una nuba andalusí del siglo XII. Había en este trasiego de anécdotas y conversaciones una abundancia prodigiosa que cautivaba a Felipe Quero, como las imágenes de una familia de salmones luchando por remontar el río, emergiendo del agua a contracorriente, saltando por sorpresa. Habría querido tener ocho orejas.

Al cabo de un rato Chaymae les propuso que pasaran a los sofás. El músico reconoció la señal acordada y se dispuso a tocar y cantar, acompañado ocasionalmente por la voz de la anfitriona. Al principio se decantó por canciones árabes antiguas, tonadas cuya melodía los arropaba con la repetición y a la vez los transportaba a otro tiempo. Musicaba formas clásicas como los zéjeles y las jarchas, pero poco a poco fue atreviéndose con poemas modernos de Victor Hugo, Apollinaire, García Lorca y al final incluso con composiciones propias. A Felipe Quero no se le escapaba que ese hombre vivía la música con una gran pasión, se le transfiguraba el rostro y a veces perdía la paciencia. Tenía tantas ganas de enseñarles distintos tipos de música, de ensayar composiciones nuevas, que todo se le hacía eterno. Así, cuando ya llevaban cerca de una hora escuchándolo, el músico anunció una canción inspirada en un poeta andalusí. Tocó los primeros acordes, recitó los primeros versos y de pronto, arrastrado por la prisa, se interrumpió y soltó a bocajarro:

—Etcétera.

Fue un momento extraordinario, una salida de guión inesperada, y todos rompieron a reír. A continuación se hizo un silencio que no pretendía ser acusador pero lo era, y el sociólogo, que hasta entonces apenas había abierto la boca, lo llenó haciendo un elogio de aquella música.

—Me parece de lo más inspiradora –dijo–. La combinación de notas contiene un juego interno que te invita a ser más reflexivo. No querría parecer místico, pero hay en ella una potencia evocadora muy fuerte, incluso cuando no sabes qué quieres evocar. –El músico no pudo evitar acompañar sus palabras con cuatro o cinco compases–. Como algunos de vosotros ya sabéis, en mis ratos libres me dedico a la hipnosis con fines terapéuticos, y hace un momento, mientras lo escuchaba, sentía que esas melodías me arrastraban hacia el mundo del inconsciente...

La revelación tuvo un gran efecto entre los invitados. Felipe Quero se preguntó si no lo diría en cachondeo, pero comprobó que todos se lo tomaban muy en serio. Empezaron a hacerle preguntas sobre la hipnosis, a las que el sociólogo contestaba con interés profesional. Dejó claro que no se trataba de un negocio, ni un espectáculo destinado a ridiculizar a la gente, sino un ejercicio de autocontrol psicológico diferido que podía resultar muy útil. Entonces Karim le hizo la pregunta que todos tenían en la punta de la lengua.

—¿Podrías hacernos una demostración esta noche?

—No creo que funcione –contestó el sociólogo–. Demasiada gente. Es mejor cuando se hace en privado, solo tú y yo... Pero vamos, si queréis podemos probar. Para que veáis cómo se hace, sin profundizar demasiado.

Karim se ofreció como voluntario. Chaymae apagó las luces y solo quedaron encendidas unas velas que descansaban sobre la mesa de centro. La luz rebotaba en las copas de vino, la atmósfera se volvió más íntima y Karim se tumbó en un sofá. A su lado, el hipnotizador sacó un péndulo del bolsillo y, mirándolo fijamente pero sin tensión, pronunció unas palabras para que se fuera relajando. A su alrededor, a cierta distancia, los demás respiraban de forma acompasada...

Pero no funcionó. Al cabo de un minuto Karim se levantó y dijo que mejor lo dejaban. No podía concentrarse, había bebido demasiado. Se oyó un murmullo de decepción y el hipnotizador le dijo que no se preocupara, que era de lo más normal.

Felipe Quero se sintió tentado de ofrecerse para la sesión de hipnosis. Ese podía ser el momento que estaba esperando, el motor de una narración que surgiría de su inconsciente, delante de todos. Pero Jordi Puntí se le adelantó y aprovechó el *impasse* para decir que si ninguno de los asistentes tenía inconveniente, él también quería probar suerte. Desde su rincón, Felipe Quero lo maldijo con todas sus fuerzas y miró de refilón a los demás invitados, como si quisiera contagiarles su disgusto. ¿Acaso no era él el invitado de honor? Pero nadie se dio cuenta, y el sociólogo asintió complacido e indicó a Jordi Puntí que acomodara su corpachón en el sofá.

Esta vez la letanía del hipnotizador salía más diáfana y Puntí se dejó llevar. Se notaba que estaba predispuesto, sus brazos y pies parecían inertes y el vientre se le movía al ritmo de una respiración pausada. Concentrado en el péndulo, tuvo la sensación de que bajaba por una escalera muy larga, de escalones estrechos y sin barandilla, que poco a poco lo llevaba a un terreno pantanoso, de nieblas bajas y fango. Mientras se le iban cerrando los ojos fijó la vista en la lejanía, en un punto de fuga que podría ser Tombuctú o las quimbambas. Era un lugar que lo tentaba y a la vez le daba miedo, pero a medida que los contornos se iban definiendo una voz exterior le decía que ya no podía detenerse. Cuando llegó a su destino no sabía si habían pasado tres minutos, tres días o tres años.

NOTA FINAL

Todos los cuentos de este volumen han vivido previamente un ensayo general de publicación en otro lugar. Revistas, diarios, libros colectivos... Todos nacieron también por encargo, vivieron una exposición efímera y luego volvieron a dormir el sueño de los justos. Los más antiguos tienen diecisiete años y son contemporáneos de las narraciones de *Animales tristes* (Salamandra, 2004). Los más recientes tomaron forma a lo largo de 2016. Si bien el impulso inicial casi siempre llegó de fuera, los escribí con la misma exigencia literaria que cualquier otra narración. Si había alguna condición previa –en lo tocante a los personajes, la temática, el espacio–, la moldeé para que se adaptara a mi voluntad de estilo. Por eso ahora, tiempo después, se han ganado el derecho a aparecer en esta recopilación.

Uno de los problemas más habituales de los encargos suele ser la extensión del cuento, que casi siempre me condiciona más por exceso que por defecto, y muy a menudo me he visto obligado a recortar lo que ya había escrito para poder entregar un texto definitivo. Ahora, con toda la libertad, y cierta dosis de venganza, he recuperado algunos de esos fragmentos eliminados. También he aprovechado la ocasión para reescribir algunos cuentos, sobre todo los más antiguos, con la voluntad de hacerlos más legibles. En este proceso me he dado cuenta de que, por mucho que reescribas un texto o pretendas eliminar sus ingenuidades temporales, hay algo que no desaparece jamás: la huella del momento en que lo escribiste, la persona que eras, las inquietudes literarias que te movían e incluso el mundo que te rodeaba. Uno de los cuentos, por ejemplo, titulado «Premio de consolación», lleva ahora el subtítulo explicativo «Cuento analógico» porque hoy en día, en la era de los móviles, internet y las redes sociales, las peripecias del protagonista habrían tenido otro recorrido; de hecho, sería todo tan previsible que ni siquiera valdría la pena escribirlo.

Durante la lectura y revisión de los cuentos me he percatado de una coincidencia no prevista: la música desempeña en ellos un papel destacado, que no siempre es meramente decorativo o atmosférico. Supongo que es inevitable: quiero decir que en la trama del libro se transparente mi curiosidad musical. Por eso, mientras preparaba la recopilación, me pareció que el título debía reflejar esta presencia constante y me decanté por *Esto no es América*. Escrita y grabada por David Bowie y Pat Metheny, «This Is Not America» es una canción que me gusta por la serenidad que transmite, y también porque la compusieron expresamente como banda sonora para la película *El juego del halcón*. Además, como consecuencia lógica de esta filiación musical, creo que en el espíritu de algunos cuentos resuenan los versos de Enric Casasses, musicados por Pascal Comelade, de un poema que se titula precisamente «América» y que empieza con este verso que hago mío: «América es el pueblo de al lado».

Como un reconocimiento a la primera vida de estos nueve relatos, transcribo a continuación algunos detalles de

202

la primera vez que se publicaron, siguiendo un orden cronológico.

Una versión previa de «Premio de consolación» se publicó bajo el título «Com si demanés un desig» en la recopilación *Tocats d'amor* (Columna, 2000), del colectivo Germans Miranda, dedicada a los cuentos amorosos.

Una primera versión de «La madre de mi mejor amigo» salió en *La vida sexual dels germans M.* (Columna, 2012), del colectivo Germans Miranda, en un volumen de relatos de literatura erótica.

«Siete días en el Barco del Amor» fue un encargo del Salón Náutico de Barcelona y se publicó en edición bilingüe, en catalán y castellano, con dibujos de Mariscal (Mòbil Books, 2006).

«La materia» vio la luz por primera vez, solamente traducido al castellano, en la revista *Eñe* (La Fábrica, 2007), en un número dedicado a la televisión y con el título «Veo veo Mr. Materia».

«Riñón» era un encargo que formó parte de *El llibre de la Marató de TV3* (Edicions 62, 2011), destinado a recoger fondos para la Marató dedicada a la regeneración y trasplante de órganos y tejidos.

«El milagro de los panes y los peces» se publicó por entregas diarias como relato de verano en *El Periódico,* bajo el título «Destino Las Vegas» y en un formato más reducido, del 15 al 19 de agosto de 2016.

«Vertical» forma parte de la antología de varios narradores *Gira Barcelona* (Comanegra, 2016), y las condiciones previas del encargo estaban muy definidas: la acción debía tener lugar en Barcelona, entre las diez y las doce de la noche de un mes de junio, y además debía estar escrito en tercera persona y en tiempo presente.

«Intermitente» aparece en la antología de narradores *Risc* (:Rata_, 2017), y más que un encargo fue una invitación, puesto que de entrada no debía cumplir ningún requisito, más allá del intrínseco riesgo literario.

«La paciencia» surge de la invitación del Goethe Institut de Alemania para participar en el proyecto *Hausbesuch* («Visita a casa»), junto con otros ocho narradores europeos. Tras pasar unos días en Hamburgo y en Nancy, y acudir como invitado a dos cenas en casas particulares de cada ciudad, se trataba de escribir un texto de ficción a partir de las conversaciones, paseos y vivencias que se habían producido durante esos días. El resultado de la experiencia se publicó en un ebook (Frohmann Verlag, 2017) en siete lenguas: catalán, castellano, alemán, francés, italiano, holandés y portugués.

ÍNDICE